KB077643

Myth of Magic power

마도신화전기

동은 퓨전 판타지 소설

FUSION FANTASTIC STORY

마도신화전기 4

동은 퓨전 판타지 소설

초판 1쇄 찍은 날 § 2015년 2월 17일
초판 1쇄 펴낸 날 § 2015년 2월 24일

지은이 § 동은
펴낸이 § 서경석

편집부장 § 권태완
편집책임 § 이창진

펴낸곳 § 도서출판 청어람
등록번호 § 제387-1999-000006호
등록일자 § 1999. 5. 31
어람번호 § 제1-2060호

주소 § 경기도 부천시 원미구 부일로 483번길 40 서경B/D 3F (우) 420-822
전화 § 032-656-4452 팩스 § 032-656-4453
http://www.chungeoram.com
E-mail § chungeorambook@daum.net

ⓒ 동은, 2014

ISBN 979-11-04-90126-3 04810
ISBN 979-11-04-90039-6 (세트)

마도신화전기

4

동은 퓨전 판타지 소설

Light of Magic Power

FUSION FANTASTIC STORY

도서출판
청람

CONTENTS

Chapter 1. 삶의 의미

"어이구, 이 청년 어떻게 된 거야. 완전히 너덜너덜해졌네."

얼굴에 수염이 가득한 죄수가 근심스러운 듯이 말했다. 그도 그럴 것이 곤의 육체는 만신창이가 되어 있었다.

가슴부터 배꼽까지 자상도 길었다.

무엇으로 베였는지 모르지만 조금만 깊었다면 내장이 잘렸을지도 모른다.

살아 있는 것은 기적에 가까웠다.

"허억허억."

곤의 눈의 뒤집힌다. 의식을 잃으려는 것을 억지로 다잡는다.

"어머, 이걸 어째."

평펑도 안절부절못했다. 곤의 몸은 불덩어리였다. 평펑이 자신의 몸에 물을 묻혀 곤에게 부었지만 열을 내리기에는 어림도 없었다.

"씨이잉……."

곤은 어금니를 물었다. 그의 의식에는 씽을 구하겠다는 생각밖에 없었다. 씽을 그대로 두면 안 된다.

곤은 샤를론즈를 매섭게 바라봤다. 그의 뒤로는 수십 명의 기사들이 쓰러져 있었다.

모두가 놀라고,

모두가 경악했다.

곤이 쓰러뜨린 기사들은 붉은 장미 기사단이다. 개개인이 오러를 쉽게 사용한다.

굳이 비교를 하자면 제국에서도 기사단 상위 서열 안에 들어갈 수가 있다고 자부했다. 그런 기사단이 단 한 명에게 패퇴했다.

그것도 무참하게.

웃고 떠들던 병사들은 입을 다물었다. 모두가 믿을 수 없다는 표정으로 눈을 껌뻑거렸다.

기사들의 움직임도 멈췄다.

그럼에도 샤를론즈는 꿈쩍이지 않았다. 오히려 입가에서 묘한 미소를 지었다.

"제가 처리하겠습니다."

톨로스가 검에 손을 대며 앞으로 나섰다. 그로서도 예상하지 못한 상황이 벌어졌다. 저 비리비리해 보이는 사내가 저토록 강한지 파악하지 못했다.

만약 저자의 손에 검이 들려 있었다면 자부심 강한 붉은 장미 기사단은 큰 타격을 입었을 것이다.

용납할 수가 없었다.

톨로스는 저자가 자신을 기만했다고 여겼다. 한 방에 기절을 한 것도 모두 연기였다.

이 자리에 오기 위한.

그는 곧의 목줄을 끊으려고 했다.

모두가 보는 앞에서.

"잠깐만."

샤를론즈가 톨로스를 멈췄다. 톨로스는 의아한 얼굴로 샤를론즈를 바라봤다.

"그렇게 만나고 싶은 동생을 보여줘야지. 오페."

"네, 주인님."

"가서……."

가면을 쓴 샤를론즈의 눈빛이 차가워졌다.

"저 사내를 죽이고 와."

"알겠습니다."

말이 끝남과 동시에 씽이 움직였다. 여느 기사들보다 월등한 속도였다. 그의 몸을 검은 마력이 휘감았다. 살기가 점점 강해진다.

"씽……."

지쳤던 곤의 얼굴이 밝아졌다. 어렸던 그의 모습이 생각난
다.

백호의 모습으로 자신의 다리에 얼굴을 비벼대던 그 모습.

혼을 내면 삐져서 낑낑대던 그 모습.

품에 안으면 새근새근 잠을 자던 그 모습.

씽이 보고 싶었다. 아무리 기억을 잃었다고 하더라도 그가
싫지 않았다.

너무 보고 싶었다.

씽.

챙—

씽의 손가락에서 손톱이 튀어나왔다. 비록 손톱이지만 검보
다 날카로웠고 파괴력은 더욱 세다. 긁히기만 해도 치명상을
입는다.

곤은 씽을 불렀다.

씽은 곤의 가슴에 손톱을 휘둘렀다. 날카로운 손톱은 그의
가슴을 파고들었다.

곤은 아무런 행동을 취하지 않았다.

곤의 가슴을 파고들던 손톱이 멈췄다.

왜일까.

이 사람을 죽여서는 안 된다는 생각이 들었다. 그의 몸에 상
처를 내는 것이 가슴 아팠다. 가슴 밑바닥에서 뭔지 모를 울컥
함이 튀어나왔다.

씽은 곤의 육신을 가르던 손톱을 뒤로 뺐다.

그렇지만 이미 곤의 가슴에 길게 자상이 생겨난 후였다. 곤은 피를 토하며 쓰러졌다.

씽은 쓰러진 곤을 바라봤다. 그는 곤을 도와주고 싶었다. 손을 뻗었다.

그때 샤를론즈의 목소리가 들려왔다.

"잘했다, 오페."

씽은 뻗던 손을 제자리로 돌려놓을 수밖에 없었다. 생명의 은인은 샤를론즈. 오직 주인은 그녀 한 사람뿐이었다. 다른 감정을 가지면 안 된다.

"죽었나?"

기사 한 명이 다가와 곤의 목에 손가락을 댔다. 미약한 박동이 느껴졌다.

"살아 있습니다."

"꽤 질긴 놈이군. 지하 감옥에 처박아놔."

"알겠습니다."

병사들이 다가와 곤의 양 겨드랑이에 손을 넣어 끌고 갔다. 상처가 심해 가슴에서 피가 뿜어져 나왔다. 지혈을 해주는 사람은 없었다.

샤를론즈가 의자에서 일어났다. 그녀는 정렬해 있는 기사들과 병사들을 향해서 말했다.

"여흥은 끝났다. 전군 출전 준비. 열흘 안에 소믈린을 무너뜨린다."

　　　　　*　　　*　　　*

　곤은 내공을 일으켰다. 단전은 정상이지만 내기는 움직이지 않았다. 내상이 심했다. 이래서는 역광의 술법도 쓰지 못한다.

　병사들이 수시로 감옥 안으로 들어와 그를 폭행했다.

　탈출을 한 번 했기 때문에 행하는 본보기였다. 곤은 시간이 갈수록 상처가 심해졌다.

　"저 친구는 안되겠구만. 탈출을 한 경험도 있어서 도움이 될까 싶었는데."

　"어쩔 수 없지. 병자를 데리고 갈 수는 없네. 탈출에 실패하면 우리도 죽은 목숨이니까."

　죄수들의 목소리가 건너편 감옥에서 들렸다. 작은 목소리지만 곤의 귀에는 모두 들렸다.

　이들은 샤를론즈에게 반감이 있는 자들이다. 그녀의 말에 반기를 들었다 감옥에 투옥됐다. 감옥에 투옥이 되면서 그녀에 대한 반감이 더욱 강해졌다.

　"나, 나도 가겠습니다."

　곤은 억지로 몸을 일으켰다. 붕대도 없어 찢어진 천으로 가슴을 묶어 피가 붉게 물들었다.

　덩치가 크고 수염이 덥수룩한 사내가 고개를 흔들었다.

　"미안하지만 안 되오. 당신 때문에 우리까지 위험할 수 있소."

"부탁입니다. 절대로 폐를 끼치지 않겠습니다. 이곳에서 나가게만 해주십시오."

"안 되오."

곤은 무릎을 꿇었다. 그는 머리를 바닥에 찧었다.

쿵!

이마가 깨졌다.

쿵!

피가 터졌다.

쿵! 쿵!

얼굴이 시뻘겋게 변했다.

"도움이 되도록 노력하겠습니다. 도움이 반드시 될 겁니다. 제발 저를 같이 데려가 주십시오."

곤의 진심이 닿았기 때문일까. 거구의 사내는 곤의 어깨에 손을 넣어 일으켰다.

"그만하시오. 그렇지 않아도 성치 않은 몸, 나가기 전에 죽겠소."

"같이 가도 되겠습니까."

"후, 할 수 없지. 같이 갑시다. 하지만 이것은 명심하시오. 당신이 뒤처지면 우리 모두 죽을 수도 있소."

"절대로 폐를 끼치지 않겠습니다."

"좋소. 그럼 거기에 앉으시오. 한 번만 설명할 테니 귀담아 들으시오."

"알겠습니다."

거구의 사내는 자신을 존이라고 소개했다. 본래 십인장이었지만 부하들을 사지로 내몰 수가 없어 샤를론즈의 명령에 항명을 했다가 감옥에 갇혔다고 한다.

존은 옆 감옥의 사내와 이야기를 나누었다. 서로의 역할이 완벽하게 분담이 되었다.

옆 감옥의 사내는 그 옆 사내에게 얘기를 전했다. 서로가 서로를 믿을 수밖에 없었다.

곤의 탈출 이후로 경비가 삼엄해졌다. 경계병이 두 배로 늘었고 순찰하는 숫자도 늘었다.

모두가 잠을 청할 시간이었다. 죄수들은 탈옥을 하기 위해 조금씩 움직였다. 곤은 급히 그들을 말렸다. 왜 그러냐고 죄수들이 화를 냈다.

곤은 자신이 겪은 이야기를 해주었다. 잠을 청한다고 해서 밤은 아니었다. 그제야 그 사실을 깨달은 죄수들은 탈옥할 시간을 바꾸었다.

죄수들이 모두 깨 있는 시간.

지하 감옥의 밖은 밤이라 추정됐다.

깡— 깡— 깡—

간수가 클럽으로 나무 벽을 두드리며 순찰을 돌았다. 죄수들은 평상시와 다름없는 행동을 했다.

"이봐, 이 친구의 상태가 안 좋아. 좀 봐줘."

존이 간수를 불렀다.

"어디가?"

간수는 감옥 가까이 다가오지 않았다. 약간은 떨어져서 물었다.

"이리 좀 와서 보라고. 이 친구 상태가 나쁘잖아."

존이 언성을 높였다. 그래도 간수는 다가오지 않았다. 멀찌감치 떨어진 상태에서 배를 움켜잡고 있는 사내를 관찰할 뿐이었다.

계획 차질이다.

그가 다가오면 머리를 붙잡아 벽에 박은 다음 열쇠를 뺏을 계획이었지만 초장부터 어긋났다.

곤의 탈출 이후로 간수들이 민감해졌다. 계속 이런 식으로 나온다면 죄수들의 탈출은 요원했다.

곤은 빠르게 몸을 일으켰다. 그리고 나무 창살 밖으로 발을 빼 간수의 등을 찼다.

너무나도 빠른 속도에 피하지 못한 간수가 앞으로 고꾸라졌다.

존은 팔을 빼내 그의 뒷목을 잡고 나무 창살 모서리로 당겼다.

빠악―

간수의 이마가 강하게 부딪쳤다. 충격이 컸는지 그는 의식을 잃고 몸의 힘이 풀렸다.

쓰러지는 간수를 잡은 존이 주머니에서 열쇠를 꺼냈다. 그는 곧바로 감옥의 문을 열었다. 세 명의 죄수가 밖으로 나왔다.

그는 열쇠를 곤에게 던졌다.

"잘했네. 자네는 이곳에 있는 모든 감옥의 문을 열게."

존과 죄수들은 감옥의 복도를 따라 뛰었다.

간수가 쓰러진 것을 눈치챈 다른 병사들이 검을 빼고 달려왔다.

한 명의 죄수가 병사들의 칼을 맞고 쓰러졌다. 존은 병사의 옆으로 돌아가 수도로 뒷목을 쳤다.

병사가 쓰러졌다. 쓰러진 병사의 칼을 뺏은 그는 다른 병사의 목을 날렸다.

십인장이라고 하더니 상당히 솜씨가 뛰어났다.

곤은 감옥 문을 열고 나왔다. 상처가 심해서 움직이기가 쉽지 않았다. 한 발자국을 움직일 때마다 상처 부위가 욱신거렸다.

같은 감옥에 투옥된 죄수가 그의 열쇠를 받아 다른 감옥의 문들을 열었다.

수십 명이 넘는 사내들이 감옥 밖으로 나왔다. 그들은 지하 감옥 철문을 향해서 우르르 뛰어갔다.

철문 앞을 지키던 병사들이 놀라 도망쳤다. 하지만 밖에서만 열리는 철문이기에 병사들은 살려달라며 외칠 수밖에 없었다.

쿵쿵쿵—

문을 두드렸다. 문이 열리는 소리가 없었다.

죄수들은 병사들의 목을 잡고 비틀었다. 목뼈가 부러졌다.

"모두 여기서 대기. 퍼져 있어."

조가 명령했다. 죄수들은 일사분란하게 움직였다. 그들은 병사들의 시체를 치운 후에 철문 옆으로 흩어져 숨을 죽였다.

교대할 시간이 다가왔다.

철컹.

철문이 열렸다. 병사 네 명이 지하 감옥 안으로 들어왔다.

"쳐!"

무기를 든 죄수들이 지하 감옥으로 들어온 병사들의 목을 날렸다. 불시에 습격을 받은 그들은 저항도 제대로 하지 못하고 죽임을 당했다.

"병사들의 옷으로 갈아입어라."

실력이 좋은 죄수들이 병사의 옷으로 갈아입었다. 피가 묻었지만 개의치 않았다.

그들이 선두에 서서 지하 감옥 통로를 뛰어갔다. 죄수들은 그들의 뒤를 쫓았다.

"헉헉헉."

곤도 절룩거리며 뛰었다. 뒤처져서는 안 된다.

계단의 끝이 보였다. 빛은 보이지 않았다. 예상대로 밖은 어둠이 깔려 있었다.

지하 감옥을 나오자 경계를 서던 병사들이 죄수들에 의해 제압이 되었다.

죄수들은 쓰러진 병사들의 옷을 벗겨 갈아입었다.

"전원 성문으로 간다."

존은 나직한 목소리로 말했다. 죄수들은 고개를 끄덕였다. 무기고도 털었다.

밖에서는 난공불락의 요새일지는 모르지만 내부에서는 무척이나 취약했다. 아마도 이런 일이 생길지 전혀 예상하지 못했을 것이다.

죄수들이 탈출을 위해 성문으로 달려갔다.

"하악, 하악."

곤은 나무에 등을 기대고 잠시 숨을 골랐다. 간신히 이곳까지 따라오기는 했지만 더 이상은 무리였다. 상처가 벌어져 피가 흘렀다.

"이걸 어째. 점점 더 상처가 심해지네."

펑펑은 주위를 돌아다녔지만 약을 얻을 수는 없었다. 깨끗한 천이라도 있으면 지혈을 시킬 수가 있을 테지만 그런 것도 보이지 않았다.

"가야 돼."

"어딜?"

"소믈린으로 가야 돼."

곤은 간수들이 하는 말을 들었다. 전투가 아닌 전쟁이 벌어지려고 한다는 것을.

톨로스가 전면전은 안 된다고 말렸다고 하지만 샤를론즈는 거침이 없었다.

그녀는 '약하디약한 연합 공화국 따위, 이번 기회에 싹 쓸어버리면 돼. 하렘의 심장만 얻으면 내가 최강이다'라는 말을 했다고 한다.

간수들의 말이 사실이라면 소블린은 극도로 위험했다. 그리고 샤를론즈는 씽을 전면에 내세울 것이다. 서둘러 씽의 정신을 되돌려야 했다.

"지금 이 몸으로 어딜 가. 일단 몸부터 추슬러야 해."

"시간이 없어. 어서 가야 돼."

숨을 고른 곤이 움직였다. 펑펑이 몇 번 잔소리를 했지만 듣지 않았다. 곤의 고집을 알고 있는 펑펑은 한숨을 내쉬며 근처에서 약초를 찾았다.

요새 내부에서는 약초가 보이지 않았다.

곤은 요새 성문에 다다랐다.

대부분의 병사들이 중야의 소블린을 공격하기 위해 요새를 비운 상태였기에 그는 눈에 띄지 않고 성문까지 올 수가 있었다.

성문에서는 전투가 한창이었다.

방어를 위해 최소한의 병력만 요새에 남겨졌다. 덕분에 죄수들은 어렵지 않게 성문을 열 수가 있었다.

"쫓아라. 한 놈도 남기지 말고 모조리 잡아라. 저들을 잡지 못하면 우리가 죽는다."

요새의 지휘관이 다급하게 외쳤다. 도망친 죄수들을 잡기 위해 기마대가 모조리 출발했다. 그들까지 사라지자 요새는 텅텅 비었다. 백 명도 안 되는 최소한의 병력만이 요새를 지켰다.

곤은 그들의 눈을 피해 요새 밖으로 나왔다. 몇몇 병사들과 마주치기는 했지만 곤에게 신경을 쓰지는 않았다. 성문 밖으로 나올 때까지 그들은 곤을 눈치채지 못했다.

곤은 고통을 참으며 걸었다.

*　　　*　　　*

이틀을 쉬지 않고 걸었다.

건강할 때는 몰랐지만 지치고 다친 몸으로 걷기에 초원은 너무 넓었다.

이틀간 곤은 아무것도 먹지 못했다. 육식동물의 습격을 받지 않은 것만으로도 다행이었다. 지금 습격을 당한다면 제아무리 곤이라고 하더라도 당해낼 수가 없었다.

체력과 인내가 바닥났다.

털썩.

곤은 쓰러지고 말았다.

"미치겠네. 이걸 어째."

펑펑은 곤의 바지춤에 달린 작은 수통을 꺼냈다. 제국군에게 모든 무기를 빼앗겼지만 수통은 빼앗기지 않았다.

안드리안이 챙겨준 마법 수통이다. 펑펑은 수통의 마개를 연 후 곤의 입에 넣었다.

꿀꺽꿀꺽.

물만 마시면 어느 정도 체력 회복이 가능했다. 펑펑은 곤의 얼굴에 수통의 물을 부었다. 차가운 물이 얼굴에 닿자 의식을 차리는 곤이었다.

"정신이 들어?"

"고맙군."

곤은 억지로 몸을 일으켰다. 정신을 돌아왔지만 체력은 그렇지 못했다. 그는 얼마 걷지 못하고 주저앉았다. 상처에서 진물이 흘렀다. 세균에 감염되었는지 몸에서 열이 나기 시작했다.

머리가 어질어질했다.

풀썩.

곤은 그대로 엎어져 의식을 잃었다. 펑펑과의 교감도 끊겼다.

"으으윽."

얼마나 쓰러져 있었는지 시간을 가늠할 수가 없었다. 곤이 눈을 떴을 때는 이미 부서진 달이 하늘에 떠 있었다. 차가운 바람이 불었다. 열이 심하게 나고 있음에도 몸은 부들부들 떨렸다.

크르르릉.

엎친 데 덮친 격이다.

곤의 앞에 수십 마리의 들개가 나타났다. 붉은 안광을 뿜어대며 들개들이 다가왔다.

여기서 들개들에게 물려 죽을 수는 없었다. 곤은 억지로 몸을 일으켰다.

두 주먹에 힘을 주었지만 체력이 바닥난 상태에서 제대로 힘이 들어갈 리가 없었다.

"들개 따위에게 죽을 수야 없지."

곤과 들개들이 대치했다. 사냥 경험이 많은 들개들인지 함부로 곤에게 덤벼들지 않았다. 놈들은 곤을 둥글게 에워쌌다.

크르르릉.

놈들이 위협을 가했다.

이윽고 한 놈이 곤의 등 뒤에서 덤벼들었다. 곤은 허리를 돌리며 들개의 옆구리에 주먹을 쑤셔 넣었다.

퍼억!

들개의 옆구리가 부러졌다. 놈은 피를 토하며 바닥에 쓰러지고는 일어나지 못했다.

혀를 길게 내밀고 숨을 헐떡였다. 몇몇 들개들이 달려들어 쓰러진 개의 숨통을 끊었다.

그리고 동족을 먹었다.

식량이 부족한 초원에서는 늘 있는 일이었다.

일격에 동료가 죽자 들개들이 주춤했다.

하지만 그것도 잠시 들개들이 날카로운 이빨을 보이며 떼를 지어 공격했다.

가장 선두에서 날아온 들개의 입안에 주먹을 날렸다. 퍽 소리가 나며 들개의 이빨이 부러졌다. 마력으로 몸을 보호할 수 없으니 곤의 주먹도 찢어졌다.

곤은 주먹을 펴 들개의 혀를 잡았다. 혀를 잡은 채 들개를 휘둘렀다.

퍼퍽!

세 마리의 들개가 곤이 휘두른 동료의 몸에 맞아서 머리통이 부서졌다. 곤이 잡았던 들개는 혀가 뽑혀 죽었다.

"크흑."

들개들의 숫자가 너무 많았다.

곤은 어깨를 물렸다.

주먹으로 놈의 머리통을 쳤지만 쉽게 떨어지지 않았다. 다시 힘을 주어 머리통을 쳤다.

들개의 머리가 박살 났다.

대신 곤은 어깨를 잃었다.

놈의 이빨이 얼마나 깊게 박혔는지 한쪽 팔의 힘이 들어가지 않았다.

허벅지도 물렸다.

팔꿈치로 허벅지를 문 놈의 목을 꺾어놨다.

그래도 손실이 심하다.

점점 곤의 움직임이 느려졌다. 덧난 배의 상처에서 피가 흘렀다. 내장이 튀어나오지 않는 것만으로도 감사할 노릇이었다.

곤의 주변에는 열 마리가 넘는 들개의 시체가 쌓여 있었다.

곤도 멀쩡하지 않았다.

피를 너무 많이 흘렸다.

휘청—

무릎이 꺾였다.

들개들은 사냥감의 힘이 다했음을 본능적으로 느꼈다. 놈들이 일제히 곤을 덮쳤다.

제기랄.

안간힘을 써도 다리가 움직이지 않았다. 곤은 쓰러지고 말았다.

이제는 정말로 끝이었다.

도저히 살아날 방도가 없었다.

커커커커컹—

그때였다.

갑자기 들개들의 비명이 들렸다. 곤은 감기려는 눈을 억지로 떴다. 그의 눈앞에 거대한 개 한 마리가 나타나 들개들을 사정없이 찢어 죽이고 있었다.

'보스 개?……'

그것을 끝으로 곤은 눈을 감았다.

보스 개의 이름은 콜이었다. 그는 어렸을 적부터 힘이 장사였고 덩치도 소만큼이나 컸기에 마을에서도 유명했다. 하지만 콜은 소심했다.

작은 개에게 겁을 먹어 산속으로 도망가기가 일쑤였다. 마을 사람들은 덩치만 크고 사냥도 제대로 하지 못하는 콜에게

실망했다.

하지만 콜의 마을 외곽에 사는 네스는 그러지 않았다. 소심한 콜을 아끼고 사랑하는 유일한 사람이었다. 종종 술에 취한 사람이 찾아와 콜을 잡아서 먹겠다며 행패를 부리기도 했다. 네스는 그를 말렸다. 그는 아예 콜을 집으로 데리고 와 보호하기 시작했다. 콜은 그런 네스가 너무도 고마웠다.

네스가 아니었으면 콜은 진작 죽었을지도 모른다.

그러던 어느 날 마을에 칼을 든 사람들이 찾아왔다. 그들은 마을 사람들의 가축과 식량을 빼앗았다. 네스의 집에도 찾아왔다. 그들은 네스의 식량을 모두 빼앗고 콜도 데리고 가려 했다.

네스는 콜이 가족이라며 말렸다. 칼을 든 사람들은 네스를 발로 찼다. 그러고는 몇 번이나 칼집으로 내려쳤다. 네스는 그럼에도 콜을 지켰다.

짜증을 이기지 못한 그들은 칼을 뽑아 네스를 찔러 죽였다.

모든 광경을 목격한 콜은 분노에 휩싸였다. 콜은 칼을 든 사람들에게 덤벼들어 물어 죽였다.

콜은 죽은 네스의 뺨을 핥았다.

몇 번이고. 몇 번이고.

네스는 일어나지 않았다.

콜은 하늘을 보며 울었다. 제발 네스를 살려달라고. 나의 주인을 돌려보내 달라고.

하늘을 콜의 소원을 들어주지 않았다. 그는 산으로 갔다. 타고난 힘을 앞세워 들개들의 왕이 되었다. 그는 인간들에게 복수를 했다.

세월이 흘러 네스에 대한 기억이 가물가물해질 무렵.

콜은 곤을 만났다.

네스와 같은 향기를 뿜는 곤을.

콜은 쓰러진 곤의 뒷덜미를 물고 산으로 갔다. 초원에서 멀지 않은 곳이지만 무척이나 험해 인간들의 발길이 닿지 않은 곳이었다.

산에는 콜이 아는 비밀의 장소가 있었다.

뜨거운 물이 저절로 샘솟는 곳.

상처를 입은 콜이 유일하게 쉴 수 있는 곳이었다. 콜은 곤을 뜨거운 물속에 던졌다. 이제 그의 생사는 빌어먹을 하늘에 달렸다.

"빌어먹을 죄수 놈들. 도대체 어디로 도망친 거야."

알렉스는 스무 명의 기마병을 이끌고 근처를 샅샅이 뒤졌다. 하지만 놈들이 어디에 숨었는지 머리카락 하나 보이지가 않았다.

한 기마병이 근처 산에 숨었을 지도 모른다고 귀띔했다. 워낙 가팔라 인간들은 거의 가지 않는 산이었다.

그러나 알렉스는 죄수들이 그곳에 숨어 있을 가능성이 높다고 생각했다.

그와 기마병들은 산으로 향했다.

산 입구에서부터 말을 타고는 움직이기가 쉽지 않았다. 그들은 말을 묶어놓고 산을 올랐다. 다행히 몬스터는 나타나지 않았다.

"저기 누군가 있습니다."

정찰병이 알렉스에게 보고했다. 알렉스는 부하들을 이끌고 정찰병이 말한 곳으로 갔다.

그곳에는 대륙에서 극히 드문 온천이 있었다. 온천은 내상에 탁월한 효과를 발휘한다고 알려졌다. 그렇기에 온천이 있는 영지를 가진 귀족은 대부분이 엄청난 부자였다.

온천을 발견한 알렉스는 숨을 참고 환호성을 질렀다. 이런 곳에 황금보다 귀한 온천이 있을 줄을 상상도 못 했다.

한데, 온천 안에는 한 사내가 들어가 있었다. 안색이 파리하다. 상처를 입은 것이 분명했다. 그러고 보니 사내의 얼굴이 낯이 익었다.

"저 자식은 붉은 장미 기사단과 한판 벌였던 놈입니다."

부하가 말했다.

그의 말을 듣자 알렉스의 머릿속에도 붉은 장미 기사단과 사투를 벌였던 사내가 떠올랐다.

무기도 없이 혼자서 수십 명을 쓰러뜨렸던 괴물과 같은 사내.

일반 병사들을 상대한 것도 아니었다.

전원이 오러를 사용할 수 있는 강자뿐인 붉은 장미 기사단을 상대한 것이다.

만약 그의 손에 무기가 들려 있었더라면 명예로운 붉은 장미 기사단은 치욕적인 일을 당했을지도 모를 일이었다.

그렇다고 하더라도 놈은 죄수였다. 감옥에 갇혀 있어야 할 놈이 온천에서 내상이나 치료하고 있다니.

"놈이 아직 눈치채지 못한 듯하다. 전원 착검. 알겠지만 놈은 강하다. 신호를 하면 일제히 공격한다."

알렉스는 속삭이듯 낮은 목소리로 말했다. 부하들은 고개를 끄덕였다.

검을 들고 천천히, 조심스럽게 의식을 잃고 있는 곤에게 다가갔다.

크르르릉.

그들의 앞을 콜이 가로막았다. 콜을 병사들을 향해 사납게 으르렁거렸다. 아직 곤이 낫지 않았다는 것을 알기에 짖지는 않았다. 지금 곤이 깼다간 제대로 치료되지 않을 수도 있다고 생각한 것이다.

"뭐야, 이 덩치 큰 개새끼는."

병사 한 명이 코웃음을 쳤다. 그는 더 이상 웃지 못했다. 갑자기 달려든 콜이 병사의 목을 물어뜯었기 때문이다. 정맥이 뜯긴 병사의 목에서 피가 분출됐다. 목을 부여잡은 병사는 비명을 지르며 쓰러졌다.

어느새 콜은 제자리로 돌아가 있었다.

크르르릉.

더 이상 다가오면 저 인간과 똑같이 만들어 주겠다는 경고의 소리였다.

"개새끼가 미쳤나."

알렉스는 두 명의 병사에게 고개를 끄덕였다. 명령을 받은 병사들은 콜을 향해 다가갔다. 한 명이 죽었지만 아직까지도 위험함을 느끼지 못하는 모습이었다.

그들을 실실 웃으며 검을 휘둘렀다.

그 결과는 최악이었다.

한 명은 목이 끊어졌고 다른 한 명은 동료가 휘두른 칼에 맞아 죽었다.

순식간에 세 명의 병사를 잃었다. 그것도 오랜 숙련이 필요한 기마병들을.

"저 개새끼부터 죽여!"

화가 난 병사들이 콜을 향해 검을 휘둘렀다. 콜은 이리저리 피했지만 열 명이 넘는 병사들의 칼을 모두 피할 수는 없었다.

콜은 난도질을 당했다.

뒷다리도 잘렸다.

상당한 피가 흘렀지만 콜은 자리를 벗어나지 않았다. 다리가 잘리는 동안 두 명의 병사를 죽였다.

크르르룽.

콜은 끝까지 물러나지 않았다.

알렉스와 병사들은 기가 찰 노릇이었다.

"조각내서 죽여 버려!"

병사들이 다시 검을 휘둘렀다. 한쪽 다리를 잃은 상태에서 그 사이를 비집고 병사의 목덜미를 물었다. 목을 물린 병사가 기겁을 하며 비명을 질렀다.

콜이 입을 놓자 병사의 목줄기에서 엄청난 양의 피가 분수처럼 솟구쳤다.

하지만 거기까지였다. 기동력을 잃은 콜은 병사들의 칼에 벌집이 되었다.

크르르릉.

죽지는 않았다.

콜은 간신히 몸을 움직여 곤에게 다가갔다.

그리고 병사들을 노려봤다. 더 이상 콜에게서 '크르릉' 거리는 목소리가 나오지 않았다.

선 채로 죽었다.

콜은 그토록 바라던 네스에게로 돌아갔다.

곤의 정신이 돌아왔다.

그는 자신이 온천에 있었다는 것을 깨달았다. 손가락을 움직여 봤다.

움직인다.

전신도 움직였다. 씽에게 입은 상처도 씻은 듯이 나았다.

내공은?

곤은 내기를 움직였다.

놀라웠다. 모든 내기가 원활하게 활동했다. 배고픈 것만 빼고는 힘이 넘쳤다.

크르르릉.

그의 옆에서 개의 신음 소리가 들렸다. 곤은 고개를 돌려 콜을 바라봤다.

콜의 앞에는 제국군이 서 있었다.

곤의 머릿속에 모든 것이 그려졌다.

그가 의식을 잃기 전 마지막으로 본 것은 콜이었다. 콜이 자신을 온천에 넣어 상처를 치료했다는 것도 알 수 있었다. 그리고 콜은 자신을 지켰다.

콜의 속삭이는 듯한 숨소리가 꺼졌다.

"아하하하, 빌어먹을 개새끼가 드디어 뒤졌군. 모두 저자를 죽여라!"

알렉스가 소리쳤다. 병사들은 곤을 향해서 뛰어왔다. 그들의 눈에서 욕망이 엿보인다.

곤은 자리에서 일어났다.

내공이 원활하게 돌자 펑펑도 깨어났다. 영특한 그녀 역시 지금이 어떤 상황인지 깨달았다.

"주인, 어쩔 거야?"

"샤먼은 죽음까지도……."

곤은 허공을 향해서 주문을 그렸다. 완성된 주문은 녹색빛을 띠며 다가오는 병사들 머리 위에 뿌려졌다.

"관장하지. 재앙술 3식 벌레의 저주."

주먹을 쥐었다.

동시에 숲 속에서 이상한 소리가 들렸다.

끼릭끼릭—

우익우익우익.

엄청난 숫자의 벌레들이 나타났다. 도저히 숫자로는 가늠이 안 가는 벌레들이었다. 벌레들은 병사들을 덮쳤다. 병사들이 날뛰었지만 벗어날 길이 없었다.

야금야금.

그들의 살점이 사라졌다.

"으아아악! 살려줘! 살려줘!"

병사들이 비명을 질렀지만 구원의 손길은 없었다. 뼈까지 모조리 씹어 먹혔다.

알렉스 역시 마찬가지였다.

오러가 실린 검을 휘둘렀다. 그의 전력이 담긴 검이었다. 한 번 휘두를 때마다 수십 마리의 벌레가 죽어 바닥에 떨어졌다.

하지만 벌레들의 숫자가 너무도 많았다.

차근차근.

그의 발밑을 파고들었다. 신발을 뚫고 발바닥을 갉아먹었다.

고통을 이기지 못한 알렉스가 펄쩍 뛰었다. 그것이 끝이었다. 엄청난 숫자의 벌레들이 그의 전신을 덮쳤다. 벌레들은 알렉스의 뼈까지 삼켰다. 병사들과 알렉스를 모두 먹어 치운 벌레들이 본래의 자리로 돌아갔다.

온천에서 나온 곤은 죽은 콜을 안았다.

"이 불쌍한 놈. 이 불쌍한 놈."

자신도 모르게 눈시울이 붉어졌다.

곤은 땅을 깊게 판 후 콜을 묻어주었다.
그는 보스 개의 이름조차 모른다. 왜 자신을 살리려고 목숨
을 걸었는지도 모른다.
하나만 안다.
생명의 은인이라는 것.
콜에게 흙을 덮으며 곤은 말했다.
"이 은혜 영원히 잊지 않을게."
곤이 사라진 자리에는 작은 묘비가 서 있었다.

나의 친구, 이곳에 잠들다.

Chapter 2. 하렘의 심장

"와, 주인 장난 아닌데."

펑펑이 탄성을 질렀다.

곤은 젖 먹던 힘을 짜내 달리고 있었다. 주변의 환경이 휙휙 지나친다.

초원에서 뛰던 말의 속도만큼이나 빠르다. 곤도 자신의 능력이 이 정도인지 미처 몰랐다. 온건한 그의 육체는 상식을 뛰어넘었다.

그는 나흘이 되지 않아 소블린에 도착했다. 예상했던 대로 소블린은 한창 전쟁 중이었다.

"이거 소블린으로 들어가기 힘들겠는데."

펑펑은 고민에 빠졌다.

전쟁은 벌어졌다. 소믈린에 다가가기 전부터 어마어마한 중압이 느껴졌다.

생존에 대한 양측의 갈망이 반경 수 킬로미터까지 뻗어나갔다.

곤은 얕은 초원의 고지에 올라 상황을 엿봤다.

수천 명이 성벽을 오르기 위해 아등바등거렸다. 성벽 위에서는 비처럼 화살이 날아들었고 끓는 기름이 쏟아졌다.

수백 명의 병사들이 끓는 기름을 온몸에 뒤집어쓰고 사다리에 떨어졌다. 살아남은 사람은 없어 보였다. 그럼에도 꾸역꾸역 사다리를 타고 올라갔다.

미치지 않고서야 왜 저런 짓을 하는지 곤은 이해하지 못했다.

죽을 것을 알고도 병사들은 성벽을 올랐다. 대부분이 성공을 하지 못했다. 성벽 밑에는 죽은 시체가 가득히 쌓였다. 동료의 시체를 밟고 그들은 악착같이 전진한다.

성벽이란 방어막이 있지만 소믈린의 군대는 숫자가 적었다. 초원에서 제국군에게 전멸을 당했기에 남은 병사는 용병을 합쳐 천 명이 넘지 않았다.

특히 용병들의 이탈이 심했다.

결과가 뻔하게 정해진 전투에서 돈을 받을 수 없다는 위기감이 용병들의 위기감을 부추겼다. 이러다가는 소믈린이 무너지는 것은 시간문제였다.

소믈린으로 진입을 하기 위해서는 곤은 제국군의 진영을 뚫어야 했다.

불가능할 것처럼 보였다.

"첩첩이 산중일세. 주인, 정말 답이 없다."

평평의 말도 이해가 간다.

"조금만 더 지켜보지."

곤은 멀리서 전투를 지켜봤다. 금방이라도 무너질 것 같던 소믈린은 끈질기게 버텼다. 샤를론즈의 제국군은 상당한 사상자를 냈다.

성벽 밑에 쌓인 시체는 족히 천 명 이상은 넘었다.

큰 손해를 입어서인지 제국군의 지휘관들은 병사들을 뒤로 물렸다.

제국군이 물러나자 성문이 열리며 소믈린의 병사들이 나와 죽은 제국군의 병기들을 수거해 갔다.

그것도 잠시였다.

"주인, 씽이 나왔어."

제국군이 감춰 두었던 비밀병기가 등장했다. 씽과 함께 수천 명의 병사들이 동시에 돌진했다. 그들의 머리 위로 새카맣게 화살들이 쏟아졌다.

"방패 머리 위로!"

제국군은 라운드 실드를 머리 위로 올린 채 전력을 다해서 뛰었다.

"아아아악!"

방어를 했지만 그럼에도 상당한 숫자의 제국군이 죽어나

갔다.

"사다리!"

수십 미터가 넘는 높은 사다리가 성벽에 놓아졌다. 제국군은 사다리를 기어올라 갔다. 그 위로 중야 병사들이 끓는 기름을 부었다. 화상을 입은 수십 명의 병사가 비명을 지르며 바닥에 떨어졌다.

대부분이 죽었다.

죽지 않은 자들은 사지가 뒤틀려 비명을 질렀다.

"가라! 오늘은 반드시 성벽을 넘어라!"

각각의 지휘관들이 목이 터져라 외쳤다.

병사들이 놓은 사다리를 씽이 타고 올라갔다. 그를 막기 위해 병사들이 창을 찔렀다. 씽의 손톱에 의해 창이 잘려 나갔다. 놀란 병사들은 급히 검을 들어 씽을 내려치려고 했지만 한발 늦었다.

그들의 목은 잘려 나간 후였다.

"한 놈이다! 죽여!"

소믈린의 기사가 앞장서서 씽에게 검을 휘둘렀다. 그의 검에서는 푸른 아지랑이가 일렁거렸다. 강력한 힘을 담은 오러가 씽을 노렸다.

깡—

씽은 손톱으로 그의 오러를 쳐냈다. 기사가 보기에 씽의 손톱에는 아무런 보호막이 없었다. 오로지 손톱의 힘만으로 오러를 쳐낸 것이다.

믿을 수가 없었다.

"말도 안 돼!"

기사는 외쳤지만 다음 말을 진행할 수가 없었다. 그의 목이 씽의 손톱에 의해 달아났다. 주변에 있던 병사들도 마찬가지였다. 그들은 씽에게 제대로 대항조차 하지 못한 채 목숨을 잃었다.

순식간에 수십 명의 병사들이 성벽 밑으로 떨어졌다.

가공할!

가공할 전투 능력이었다.

씽은 성벽 밑으로 뛰어내렸다. 상당한 높이였지만 그에게는 별다른 장애가 되지 않았다. 성문을 지키고 있던 병사들이 그를 향해서 칼을 휘둘렀다. 그들은 씽의 머리카락 하나 자르지 못하고 사지가 분쇄됐다.

무거운 버팀목이 한 사람에 의해 들렸다. 버팀목이 나가떨어지자 성문이 열렸다.

씽은 등을 돌려 소믈린의 병사들을 보았다. 은발의 악마는 미소를 지었다. 그의 뒤로 수많은 기마대가 성문 안으로 들이닥쳤다.

소믈린의 병사들은 그들을 막을 수가 없었다.

"가자."

곤이 움직였다.

"왜 이제야?"

평평은 의아했다. 그녀의 의아함은 곤이 금방 풀어주었다.

"씽이 자유롭게 됐다."

"으아, 그럼 저렇게 많은 사람들이 죽도록 내버려 둔거야? 잔인하네."

평평이 투덜거렸다.

"난 씽만 살리면 돼."

"그거야 그렇지만……."

곤은 사투가 벌어지고 있는 성문을 향해서 달렸다. 몇몇의 병사들이 그를 막았지만 상대가 되지 않았다.

"네가 어떻게?"

붉은 갑옷을 입은 기사가 곤을 막았다. 그는 곤을 알아봤다. 지하 감옥에 있어야 할, 정확히 얘기하면 죽었어야 할 곤이 눈앞에 나타난 것을 이해하지 못했다.

곤은 대답하지 않았다.

그가 휘두른 검을 머리 숙여 피한 후 주먹에 마력을 넣어 복부를 쳤다.

꽈직!

기사의 갑옷이 부서졌다. 부서진 갑옷 사이로 가슴이 드러났다. 다시 한 번 쳤다. 심장이 파열된다. 피를 토한 기사는 즉사했다.

쓰러진 기사를 뒤로하고 곤은 계속 뛰었다. 몇몇의 병사들이 막아서기는 했지만 곤의 상대는 아니었다. 그들은 곤의 주먹에 맞아 절명했다.

"너는?"

곤을 알아본 기사들이 꽤 된다. 특히 곤과의 대결로 굴욕감을 느낀 기사들은 그를 잊을 수가 없었다.

쌍둥이 기사 롤과 멜레가 그러했다. 그들은 자존심에 큰 상처를 입었다. 아직까지도 곤에게 당한 그 일을 잊을 수가 없었다.

병사들이 자신들을 놀리는 것만 같았다. 환청에 시달리기도 했다.

"이 개새끼!"

쌍둥이 기사들이 곤을 향해서 덤볐다. 그들은 똑같은 모습으로 곤을 향해 검을 찔렀다.

"멍청이."

곤은 그들을 비웃었다.

저번에 사투를 벌였을 때보다 약했다. 아니, 이성을 잃어버렸다. 보통 때라면 각각 다른 공격 범위를 택했을 것이다. 저 멍청이들은 지금 흥분하여 같은 공격을 택하는 실수를 범했다.

"바람의 술."

곤은 손날을 휘둘렀다. 손날에서 날아간 바람의 칼날이 그들의 종아리를 잘라 버렸다. 제대로 된 공격 한 번 하지 못하고 쌍둥이 기사들은 전투력을 잃었다. 다리를 잃은 그들은 미친 듯이 비명을 질렀다.

곤은 그들의 머리통을 밟아 부서뜨렸다. 붉은 장미 기사단에서도 수위를 차지한다는 쌍둥이 기사들의 허망하고 어이없는 최후였다.

앞을 막은 모든 자들을 제거한 곤은 성문 안으로 들어섰다.

가장 치열하게 전투가 벌어지고 있는 곳이 성문이었다. 소플린의 병사들은 제국군을 밀어내기 위해 성문에서 악착같이 버텼다.

제국군과 중야 병사들의 시체가 산더미처럼 쌓였다.

그럼에도 양측 모두 한 치도 물러서지 않았다.

곤은 주위를 돌아보며 씽을 찾았다. 그는 없었다. '하렘의 심장'을 찾으러 간 모양이었다.

그를 찾아야 한다.

"바람의 술."

곤은 자신의 몸을 띄웠다. 그를 가로막던 병사들의 머리 위로 뛰어넘었다. 병사들은 어안이 벙벙했지만 밀려드는 제국군으로 인해 더 이상 신경을 쓸 수가 없었다.

*   *   *

뮬란과 안드리안이 씽과 대치했다.

씽 홀로 있는 것이 아니었다. 그의 뒤로는 열 명의 기사들이 함께였다. 모두의 눈빛이 날카롭다. 그들의 검에서는 오러가 줄기줄기 뿜어졌다.

그들은 강자다.

"상대할 수 있겠소?"

뮬란이 물었다.

그는 물건을 넘기기 위해 아직까지 소믈린에 남아 있는 것을 후회했다. 하지만 어쩔 수가 없었다. 그의 아버지인 켈리온 남작은 죽어도 물건을 넘겨야 한다고 우겼으니까.

그 대가는 지금이었다.

괴물이 다시 찾아온 것이다.

안드리안은 고개를 저었다.

만월이 되면 삼안이 눈을 뜬다. 삼안이 눈 뜨면 비록 이성을 잃기는 하지만 전투력은 비약적으로 상승한다. 하지만 오늘은 만월이 아니었다. 혼자만의 능력으로 씽과 기사들을 상대할 수는 없었다.

"오늘이 제삿날인가."

"용병으로서 끝까지 의뢰를 완수하지 못한 점은 미안해요."

"별게 다 미안하오. 당신 같은 미인이 함께하는 것만으로도 감사하오."

"훗, 입에 발린 말은 잘하시네요."

"아니오. 정말 고맙게 생각하오. 혹여 살아난다면 당신에게 청혼하겠소."

"뭔 소리래요, 뜬금없이."

"그냥 그렇단 말이오. 일단 죽지 않는 것이 중요하지 않겠소."

"저 은발의 괴물이 눈앞에 있는 이상 그러기는 어려울 것 같네요."

"포기하지 맙시다."

씽은 고개를 절레절레 흔들며 다가왔다.

"잡담은 거기까지. 하렘의 심장은 뒤쪽 창고에 있겠지?"

"너, 곤의 동생이라며. 이래도 되는 거야?"

안드리안이 말했다.

"곤이 누군데?"

"몰라? 너를 찾으러 제국군의 요새까지 갔는데."

안드리안은 곤이 실패했을 것이라 생각했다. 안타깝지만 그
는 죽었다. 그가 살아 있었다면 저 괴물이 눈앞에 나타나지 않
았을 테니까.

"누구?"

"곤."

씽은 자신을 가로막던 사내를 떠올렸다. 직접 그의 가슴에
치명상을 입히기도 했다.

죽이려고 했지만 죽이지 못했다. 그를 생각하자 머리가 깨
질 듯이 아파왔다.

"크흑."

씽은 머리를 휘감았다. 그를 따르는 기사들이 놀라 다가왔
다.

"죽여! 저 연놈들의 목을 따서 나에게 가져와!"

씽의 잔인한 목소리가 울렸다.

기사들은 고개를 끄덕인 후 뮬란과 안드리안을 향해서 검을
휘둘렀다.

개개인이 오러를 뿜을 수 있는 실력자.

뮬란과 안드리안은 그들의 공격을 간신히 피했다. 그러나 뒤쪽에 숨어 있던 켈리온 남작까지 오러를 피할 수 있는 것은 아니었다.

그의 옆구리가 오러에 절단이 되었다. 켈리온 남작은 피를 토하며 쓰러졌다.

"아버지!"

뮬란이 자리에서 이탈했다. 뮬란이 빠지자 안드리안이 위험에 처했다. 그렇다고 뮬란에게 어서 자리로 돌아오라고 할 수는 없었다.

뮬란은 켈리온 남작의 뒷목을 잡고 일으켰다. 켈리온 남작은 심하게 피를 토했다. 그의 허리가 반쯤 잘려 나갔다. 즉사를 한다고 하더라도 믿을 큰 상처였다. 초인적인 의지로 떠나가는 생명을 붙잡았다.

"아버지, 정신 차리세요."

어떤 상황에서도 냉정을 잃지 않던 뮬란이 울먹거렸다. 가문을 일으키기 위해 어렸을 적부터 얼마나 많은 시련을 겪어 냈던가.

하나 그런 그도 가문의 기둥인 아버지의 죽음 앞에서는 무너지지 않을 수가 없었다.

"내… 아들."

켈리온 남작은 손을 뻗어 장남인 뮬란의 뺨을 만졌다. 항상 엄하게 키웠던 자식이었다.

가문이 몰락했지만 뮬란만큼은 떳떳하게 키우려고 모든 것을 희생했다.

그렇지만 따뜻한 한마디 해준 적이 없었다.

뮬란이 태어났을 때는 기억한다. 아주 작았다. 작은 덩치에 맞지 않게 아이는 우렁차게 응애응애 울었다. 켈리온 남작은 흰 천에 뮬란을 싸서 엄마의 젖을 먹였다.

아이는 무럭무럭 자랐다. 손발이 크고, 옹알이를 했다. 그 모든 것이 기쁨이었다. 아이가 뒤집기를 하고 첫 마디를 했을 때 눈물이 나도록 고마웠다.

켈리온 남작은 아내에게 고맙다고 말했다. 그렇게 큰 아이가 뮬란이었다. 그는 뮬란의 잘린 왼팔을 만졌다. 가슴이 찢어졌다.

"아들아……."

"네, 아버지. 정신 차리세요. 절대 죽으면 안 돼요."

뮬란은 흐느꼈다. 그는 상의를 찢어 켈리온 남작의 잘린 허리를 동여맸다.

"가문을 일으키라는 소리는 하지 않겠다……."

"아버지, 무슨 소리를 하시는 거예요."

"행복하게만 살아다오. 행복하게만……."

뮬란의 뺨을 어루만지던 켈리온 남작이 손이 툭 하고 떨어졌다.

"으아아아악!"

뮬란은 떨어진 켈리온 남작의 손을 잡고 처절한 울음을 터뜨렸다.

채채쳉!

안드리안은 간신히 기사들의 검을 막고 있었다. 그녀 역시 오러를 쓸 수 있지만 상대가 너무 많았다.

그리고 괴물과 같은 전투력을 가진 씽은 아직 나서지도 않았다.

"이 개새끼들아!"

뮬란이 분노했다.

그는 기사들을 향해 오러를 일으킨 검을 휘둘렀다. 하지만 이성을 잃은 그의 검에 당할 기사들은 없었다. 제국의 기사들은 뮬란의 검을 여유롭게 피했다.

"팔 병신이 별짓을 다 하는군."

그들을 비웃었다.

"흥분하지 마요!"

안드리안이 그를 옷깃을 붙잡았다. 그러나 뮬란은 아버지의 죽음을 눈앞에서 목격했다. 쉽사리 흥분이 가라앉을 리가 없었다. 그는 계속해서 오러를 남발했다.

쫘직! 쫘직!

강력한 힘을 동반한 오러가 사방으로 뻗어나가며 창고의 벽면을 부쉈다. 힘은 강하지만 너무 직선적이다. 제국군 기사들은 뮬란의 공격에 상처 하나 입지 않았다.

"놀지 말고 어서 처리해."

씽의 말에 기사들은 움찔거렸다. 그를 가리켜 샤를론즈의 미친개라고 한다.

비록 샤를론즈 앞에서는 순한 양이지만 다른 사람들에게까지 그런 것은 아니었다.

한 번 뱉은 말은 반드시 지킨다. 아군이라고 하더라도 손쉽게 목을 벨 수 있는 자가 바로 미친개였다. 기사들은 사방으로 흩어진 후 뮬란을 향해 검을 뻗었다. 사방에서 오러가 빗발치듯 몰아쳤다.

"이, 이런."

뮬란은 오러에 무방비로 노출되었다. 안드리안은 다급히 그의 뒷덜미를 잡고 안쪽으로 당겼다. 뮬란이 있던 자리는 오러에 맞아 흙먼지가 풀썩이며 움푹 파였다.

"제발 정신 좀 차리세요. 이대로 죽고 싶어요!?"

안드리안은 뮬란의 뺨을 강하게 후려쳤다. 그제야 정신이 돌아오는 뮬란이었다. 뺨이 벌겋게 부풀어 올랐지만 뮬란은 안드리안에게 화를 내지는 않았다.

"미안하오."

"됐어요. 뒤쪽에서 엄호를 해줘요."

고개를 끄덕인 뮬란은 한 발 물러났다. 둘의 호흡이 맞게 됐지만 압도적으로 불리한 상황은 나아지지 않았다. 제국군 기사들은 곧바로 그들에게 오러를 날렸다.

채채챙—

검과 검이 부딪치며 불꽃을 튀겼다. 안드리안은 연신 뒤로 밀려났다. 뮬란의 도움이 없었으면 진작 안드리안의 사지가 잘렸을 것이다.

"일단 한 놈이라도……."

팔 하나쯤은 내놓아야 한다. 그런 각오가 없다면 놈들의 포위망을 뚫을 수는 없었다. 안드리안은 허리를 숙이며 제국군 기사들의 중앙으로 뛰어들었다.

갑작스러운 반격에 제국군 기사들은 주춤거렸다. 안드리안이 360도로 회전을 하며 대검을 크게 휘둘렀다. 대검의 사거리는 기사들의 검보다 사거리가 훨씬 길었다.

서걱—

"크아아악!"

두 명의 기사가 발목이 잘려 쓰러졌다.

"다시 한 번!"

성과가 있었다. 안드리안은 제국군 기사들을 향해 똑같은 공격을 가했다.

텅!

"어딜."

이번에는 통하지 않았다.

씽이 나선 것이다. 그는 회전하던 대검을 발로 밟았다. 절묘한 타이밍이었다. 회전하는 검을 밟는 것 자체가 신기에 가까운 기술이었다.

"이 괴물 새끼."

안드리안은 대검을 놓았다. 허리에 차고 있던 단검을 곧바로 빼내 씽의 허리를 찔렀다. 씽은 대수롭지 않게 안드리안의 손등을 쳤다.

우드득.

단검은 놓치고 손등은 휘었다. 뼈가 튀어나오지 않는 것이 다행이었다. 그녀는 얼굴을 찌푸리며 손을 뺐다.

안드리안이 뒤로 빠지도록 씽은 가만히 내버려 두지 않았다. 씽은 곧바로 그녀를 뒤쫓았다. 그는 손을 뻗어 안드리안의 뒷덜미를 잡고 안쪽으로 당겼다.

빠각!

씽의 무릎이 안드리안의 안면에 작렬했다. 코뼈가 부러진 안드리안의 고개가 뒤로 넘어갔다. 충격이 커서 정신이 아찔해진다. 그녀는 급히 양손을 올려 얼굴을 방어했다.

안드리안의 머리채를 낚아챈 씽은 연신 무릎을 올려쳤다. 안면과 몸통을 가리지 않고 마구 차올렸다.

우드득.

그녀의 입에서 고통스러운 신음 소리가 흘렀다. 더 이상의 충격이 가해진다면 옆구리가 부러지고 말 것이다. 그녀는 팔등으로 씽의 무릎을 막았다.

퍽! 퍽! 퍽! 퍽!

팔등으로 막았지만 버티기가 쉽지 않았다. 팔등이 부러지려고 한다. 씽의 육체는 병기 그 자체였다. 마력을 쓰지 않는 상태에서 이 정도로 강하다는 것은 반칙이었다.

씽은 손날을 세웠다. 안드리안에게 마지막 일격을 먹이려고 한다. 그의 손등이 목을 치게 되면 필시 절명. 목뼈가 부러져 죽고 만다.

안드리안은 발버둥을 쳤지만 머리채가 잡힌 상태에서 벗어날 길은 요원했다.

"이 괴물 같은 새끼!"

뮬란이 안드리안을 구하기 위해 검을 찔렀다. 씽은 그의 검날을 한 손으로 잡았다.

팅!

팔목을 비틀자 검날이 부러졌다.

뮬란은 황당한 표정을 지었다. 한 팔이 없어 균형을 잡지 못하는 것은 사실이다. 그렇지만 오러의 힘을 내포한 검날을 잡는 것은 불가능에 가까웠다.

지금까지 그렇게 생각했다.

하지만 씽은 너무도 쉽게 검날을 잡아서 부러뜨렸다. 그것이 뜻하는 바는 하나였다.

자신이 약해졌다.

용납할 수가 없었다.

"이 개새끼야!"

뮬란은 다짜고짜 씽을 향해 덤볐다. 씽은 머리채를 잡고 있던 안드리안을 휘둘렀다. 안드리안은 맥없이 풍차처럼 돌았다.

꽈직!

뮬란과 안드리안이 충돌했다. 둘은 창고 한쪽 벽면에 동시에 처박혔다.

"크흐흐흑."

"으으윽."

바닥에 쓰러진 뮬란과 안드리안은 거칠게 숨을 몰아쉬었다. 충격이 강해 몸을 일으키기가 쉽지 않았다.

쟁—

"이제 끝을 내지."

씽의 손가락 끝에서 열 개의 손톱이 튀어나왔다. 그의 손톱은 강철보다 강하고 오러를 품은 검보다 거칠었다. 더군다나 하나가 아닌 열 개의 손톱.

목숨이 위험했다.

"일어나요, 죽고 싶지 않으면."

안드리안은 뮬란의 팔을 잡고 억지로 일으켰다. 둘 다 간신히 일어났지만 위기를 벗어난 것은 아니었다. 씽이 한 번만 손을 휘두르면 모든 것은 끝난다.

씽은 무표정한 얼굴로 열 개의 손톱을 휘둘렀다.

"제기랄."

도저히 피할 길이 없었다. 그들은 눈을 질끈 감았다.

"그러지 마, 씽."

누군가 나타나 씽의 팔목을 잡았다. 씽은 물론이거니와 안드리안과 뮬란도 눈을 동그랗게 떴다. 그가 다가오는 것을 아무도 눈치채지 못했다.

그가 이곳에 있는 것 자체가 비현실적으로 느껴졌다.

바로 곤이었다.

씽은 재빨리 뒤로 물러났다.

그 역시 상당히 놀란 모양이었다. 지금까지 무표정했던 얼굴에서 변화가 감지되었으니까.

"네가 어떻게?"

씽은 의아한 표정으로 물었다.

분명히 죽었을 것이라 생각했는데. 곤의 상처는 이렇게 쉽게 돌아다닐 수 있을 정도로 가볍지 않았다. 비록 얕게 그었지만 치명상에 가까운 상처였다.

"죽지 않았냐고? 흠, 내가 인복이 있나 봐. 어쩌다 보니깐 꾸역꾸역 살아남았지."

곤은 어깨를 으쓱거렸다.

씽은 곤을 경계했다. 그가 강하다는 것은 알고 있었다. 하지만 지금의 모습은 어떠한가.

지나치게 여유만만하다. 그것이 씽의 경계심을 건드렸다.

"모두 처리해."

씽은 제국군 기사들에게 명령했다. 씽이 나서서 뒤로 빠져 있던 기사들이 일제히 검을 들고 곤을 포위했다.

기사들이 내뿜는 기세가 대단했다. 그들의 살기가 곤 주위의 공간을 일그러뜨렸다.

그럼에도 곤의 표정은 변하지 않았다.

"죽어!"

검날에서 오러가 줄기줄기 뻗어 곤의 목줄을 노렸다.

곤은 허공에 주문을 그렸다. 주문이 완성된 순간 희미한 빛이 사방으로 뻗어나갔다.

"재앙술 3식 뇌격우(雷擊雨)."

마른하늘에서 천둥이 쳤다. 천둥은 곧바로 뇌전으로 변했고 곤의 주위를 향해서 수십 발의 번개가 내리꽂혔다.

꽈지지지지직—

"으아아아아아악!"

순식간에 기사들의 몸이 새카맣게 타올랐다. 대마법전 갑옷을 입지 못한 기사들은 제대로 된 반항조차 할 수가 없었다.

전원이 일격에 즉사했다.

타버린 기사들이 바닥에 쓰러졌다.

뮬란과 안드리안의 입이 떡 벌어졌다. 곤이 샤먼이라는 것은 그들도 알고 있었다. 하지만 이 정도까지 강력한 술법을 쓰리라고는 생각조차 하지 못했다.

전격 마법에서도 상급에 속하는 라이덴 혹은 최상급의 기가덴.

그 비슷한 것을 동시에 수십 발이나 떨어뜨렸다. 저 정도 위력의 라이덴이라면 같은 마법사라고 하더라도 막아내기가 어려웠다.

"저 자식 그동안 무슨 일이 있었던 거야. 더 강해졌잖아."

안드리안은 혀를 내둘렀다.

놀란 것은 그들뿐만이 아니었다. 씽 역시 주먹을 불끈 쥘 정도로 놀랐다.

그의 눈앞의 사내는 애증의 존재였다. 무투가로서 놀라운 실력을 가진 자.

곤의 실력을 잘못 알았다. 그는 무투가가 아니었다. 본래 실력을 꽁꽁 감춰놓고 있었다.

그는 마법사다.

"강하군."

"강하지."

"주인을 위해 너를 죽이겠다."

"너를 위해 그년을 죽여주지."

"헛소리!"

씽이 움직였다. 그는 곤과의 거리를 눈 한 번 깜짝할 사이에 좁혔다. 그가 서 있던 자리에는 잔상이 남아 있었다. 엄청난 속도였다.

곤이 실력을 감췄듯이 씽 역시 본래의 힘을 감췄다. 본실력을 발휘하자 눈으로 쫓을 수 없는 속도가 펼쳐졌다.

손톱이 그어졌다.

곤은 한 발자국 뒤로 물러났다. 아슬아슬하게 손톱이 스치고 지나쳤다.

"피해?"

씽은 눈살을 찌푸렸다. 샤를론즈에게도 보여주지 않았던 기동력이었다. 이 정도의 속도라면 상대는 자신이 어떻게 당하는지도 몰라야 했다. 눈치를 채기 전에 목이 잘릴 테니까.

씽은 손톱을 횡으로 그었다.

곤은 고개를 숙였다. 약간의 차이를 두고 손톱이 뒷덜미를 스쳐 지나갔다.

그는 씽의 품 안으로 뛰어들었다. 씽의 손톱은 사정거리가 길다. 평상시라면 장점이 될 수 있지만 지금과 같은 좁은 간격에서는 단점이 되었다. 서로의 간격이 너무 좁아 손톱을 사용할 수가 없었다.

퍼억—

마력을 담은 곤의 주먹이 씽의 옆구리를 강타했다.

"크흑."

씽은 뒤로 물러났다. 그의 입에서 신음이 흘렀다. 엄청난 파괴력이었다. 왜 기사들이 한 방에 쓰러졌는지 이해가 되는 충격이었다.

씽도 마력을 사용하기로 마음먹었다. 어지간해서는 마력을 사용하지 않으려고 했다. 샤를론즈에게 받은 마력을 사용하고 나면 후유증이 심했다. 전신을 몽둥이로 두들기는 듯한 고통이 몇 시간이든 연속으로 찾아왔다.

그러나 지금 검은 마나를 사용하지 않으면 눈앞의 상대를 이길 수 없었다.

웅웅웅웅.

마나를 일으키자 그의 육신에서 검은색 마력이 흘렀다. 마치 검은 갑옷을 걸친 것과 같은 모습이었다.

"이것도 막아보시지."

씽의 움직임이 더욱 빨라졌다. 그가 움직이는 곳곳에 잔상이 남았다.

"이럴 수가. 이건 인간의 움직임이 아니야."

뮬란과 안드리안은 경악했다. 그들의 눈으로는 도저히 씽의 움직임을 잡아낼 수가 없었다.

그것은 곤도 마찬가지였다. 씽의 속도가 이 정도까지 빨라질 줄은 몰랐다. 씽이 움직일 때마다 공간을 찢는 소리가 '쾅쾅' 울렸다.

퍼어억!

씽의 주먹이 곤의 옆구리를 쳤다. 속도를 더해서 쳤기에 충격은 몇 배나 강했다. 곤은 벽에 부딪쳤다. 씽은 계속해서 주먹을 휘둘렀다. 포탄처럼 주먹이 쏟아졌다.

위험을 감지한 곤은 본능적으로 몸을 굴렸다. 그의 등 뒤에 있던 벽이 씽의 주먹에 맞아 와르르 무너졌다. 가공할 위력이었다. 주먹만으로도 충분히 치명상을 입힐 수 있는 듯했다.

두두두두두—

"제길."

곤의 얼굴근육이 딱딱하게 굳었다.

속사포처럼 주먹이 날아왔다. 기술이 없는 단순한 타격임에도 곤은 막기가 어려웠다.

위력과 속도 모두가 초일류다.

술법을 쓸 시간도 없었다. 술법을 쓰기 위해 뒤로 물러났지만 씽이 따라붙었다. 술법을 쓸 시간을 주지 않기 위해 일부러 근접전을 펼치는 것이다.

"야, 씽! 너 정말 이럴 거야!?"

펑펑이 나타나 씽의 눈앞을 가렸다. 곤과 씽 같은 강자에게 는 사소한 문제가 승패를 가르기도 한다. 지금이 그러했다. 씽 은 아주 짧은 시간 곤을 시야에서 놓쳤다. 갑자기 나타난 펑펑 때문이었다.

그 찰나의 순간을 곤이 놓칠 리가 없었다. 그는 재빨리 씽의 등 뒤로 돌아가 양팔로 목을 감았다. 양쪽 다리로 씽의 허리를 잡아 고정시켰다. 팔뚝은 씽의 경동맥을 압박한다.

"크흑."

피가 통하지 않자 씽의 얼굴은 금방 시뻘겋게 변했다. 그는 곤을 떼어내기 위해 몸부림을 쳤다.

"어림없다."

놓치면 죽는다는 생각으로 곤은 사력을 다해서 버텼다.

"크흐흐흑."

씽의 눈이 뒤집혔다. 그의 강인한 육체에서 힘이 빠졌다. 의 식을 잃은 것이다. 씽의 의식이 없어졌다는 것을 확인한 후에 야 곤은 팔을 풀었다.

"후우, 동생 얼굴 보기 정말 힘들군."

곤은 길게 한숨을 내쉬었다. 그는 안드리안을 보며 싱긋 웃 었다.

"단장, 저 왔습니다."

"그러게. 적절한 시기에 왔네. 저 괴물 자식이 먼저 나타나 서 당신이 죽은 줄 알았어."

"죽을 뻔은 했었죠."

"멀쩡해 보이는데?"

"운이 좋았습니다."

"어쨌든 다행이야. 처음으로 얻은 단원을 허무하게 잃을 수는 없잖아."

그들은 사소한 잡담을 나눴다. 위기에서 벗어났다는 안도감이 그들의 긴장을 풀어주었다.

그때였다.

"커허허허헉."

씽이 발작을 하기 시작한 것이다. 그는 입에 거품을 물고 팔다리를 마구 떨었다.

눈이 뒤집혔다.

"뭐야, 씽, 씽! 정신 차려! 왜 이래?"

곤은 씽의 뺨을 철썩철썩 때렸다. 씽은 깨어나지 못했다. 오히려 발작이 심해졌다. 칠공에서 검은 연기가 몽글몽글 피어올랐다.

"쿨럭쿨럭."

입에서는 검은색 피가 쏟아졌다. 상태가 심각했다.

곤은 씽이 왜 이런 증상을 보이는지 알자 못했다. 마음은 급해졌지만 손을 쓸 수가 없었다.

"비켜!"

안드리안이 다가와 곤을 옆으로 밀쳤다. 그녀는 허리춤에 있던 한 치 정도의 바늘을 꺼내 씽의 심장에 박았다. 심한 경련을 일으키던 씽의 움직임이 멈췄다.

"왜 이런 거죠?"

곤이 물었다.

방금 전의 응급처치로 보아 안드리안은 씽의 증상에 대해서
알고 있을 것이라 여겼다.

"흑마법의 피해야."

안드리안이 했던 말이 떠올랐다. 씽은 흑마법에 중독되어
있을 가능성이 높다고. 하여 곤을 기억하지 못하는 것이라고.

"이대로 두면 심장이 파괴되어서 죽어."

안드리안은 말을 이었다.

"어떻게 해야 하죠?"

"몰라."

그녀의 말에 곤은 낙담했다. 그로서는 믿을 수 있는 사람이
안드리안뿐이었다. 그녀가 해결하지 못하면 답이 나오지 않았
다.

"의원들에게 찾아가면?"

"그들은 고치지 못해."

"신전을 찾아가면?"

"신관이 씽을 내버려 둘 것 같아? 그들은 씽에게서 어떤 흑
마법이 사용됐는지 알기 위해서 육체를 분해할 거야."

곤의 얼굴이 일그러졌다. 이제야 겨우 씽을 만났다. 무슨 수
를 써서라도 제정신으로 돌려놓으려고 했다. 이렇게 죽이려고
씽을 잡은 것이 아니었다.

"한 가지 방법이 있긴 있어."

"씽을 살릴 수 있는 방법이 있습니까?"

"그래."

"어떤……"

"삼안이 눈을 뜨면 돼. 그리고 막대한 양의 마력이 필요하지. 내 세 번째 눈과 저것."

안드리안은 마차를 가리켰다. 그것이 무엇인지 곤도 짐작을 하고 있었다.

"하렘의 심장."

Chapter 3. 죽은 자들의 비명

보름달이 떠야 삼안이 반응한다. 삼안이 뜨려면 아직 일주일이란 시간이 필요했다.

씽의 심장이 파괴되는 것을 일시적으로 막아놓기는 했지만 움직일 수가 없었다. 조금만 충격을 가해도 씽의 목숨이 위험했다.

전쟁이 벌어진 한복판에서 곤은 씽의 목숨을 지켜야 했다. 안드리안도 동참을 했다. 오직 그녀만이 씽을 살릴 수가 있었다.

안드리안으로서는 상당한 위험을 감수한 것이다. 제국군은 하렘의 심장을 노렸다. 전면전도 불사할 기세였다.

즉, 하렘의 심장을 지키는 그들로서는 위험에 노출이 된 셈이었다.

"죄송합니다. 너무 큰 폐를 끼치게 되네요."

곤은 말했다.

"걱정 마. 나중에 이자까지 톡톡히 쳐서 받아낼 테니까. 아마 쉽지 않을 거야."

그녀에게도 복잡한 과거가 있다는 것을 알고 있었다. 그녀 본인도 어떤 식으로 풀어 헤쳐 나가야 하는지 난감한 모양이었다.

적이 엄청나게 강하거나 적의 정체를 모르거나. 둘 중의 하나일 것이다.

그녀의 적이 누구든 곤은 돕기로 마음을 먹었다.

가장 의아한 것은 뮬란의 행보였다. 그는 귀족이기 이전에 상인이었다. 그는 하렘의 심장을 반드시 약속 장소까지 운반해야 했다.

하지만 곤은 씽을 살리기 위해 하렘의 심장이 필요했다. 필연적으로 서로 부딪칠 수밖에 없었다. 막말로 곤이 뮬란의 앞을 가로막는 셈이었다. 뮬란의 입장에서 거절하면 그만이었다. 잘못하면 서로 칼부림을 할 수도 있는 상황이었다.

"쓰시오. 나도 마차 안에 실려 있는 것이 정말로 하렘의 심장인지 확인을 해야겠소."

하렘의 심장은 일회용 아이템이 아니었다. 개인이든 집단이든 가진 힘을 극한까지 뽑아낼 수 있게 해주는 전설의 아이템이었다.

이것을 잃게 되면 뮬란은 목숨을 장담하지 못한다. 아니, 확실하게 죽는다.

하지만 그것보다는 아버지를 죽인 제국군에 대한 반감이 더욱 심한 모양이었다.

그는 곤의 부탁을 허락해주었다.

"정말 감사합니다. 이 은혜 꼭 갚겠습니다."

"대신 이번 의뢰비를 반으로 깎겠소."

반으로 깎는 것이 아니라 한 푼도 주지 않는다고 해도 기꺼이 감수할 작정이었다. 뮬란이 이렇게 나오자 오히려 고마운 것은 곤이었다.

뮬란의 허락이 떨어졌다고 해서 끝난 것이 아니었다. 상인들 대부분이 소블린을 빠져나갔다. 용병들의 이탈도 심해졌다.

도시를 지키고 있는 자들은 이곳에서 태어나고 자란 토박이들이 대부분이었다.

아직 천 명이 넘는 병사들이 남아 있었지만 그들을 지휘할 기사들이 극도로 적다는 것이 단점이었다.

지휘관이 없다는 것은 한순간에 도시가 무너질 수 있다는 것을 뜻했다.

곤과 안드리안, 뮬란은 머리를 맞대고 살아남을 수 있는 계획을 짰다.

*   *   *

"그런데 이건 도대체 뭐하는 거야?"

안드리안이 곤에게 물었다.

마차에 비싼 철판을 덕지덕지 붙이는 것도 모자라 말에도 갑옷을 입혔다. 물론 기사나 기마병들도 말에게 갑옷을 입힌다. 하지만 지금처럼 무겁게 입히지는 않았다.

"이러면 말의 장점이라고 할 수 있는 기동력이 떨어져."

"기동력은 상관없습니다. 말들이 마차를 움직일 수만 있으면 됩니다."

"도대체 이게 뭔데?"

"전차."

"전차?"

"예, 일단 흉내만 내봤습니다."

"도대체 그게 뭐야?"

"나중에 이 무기의 위력을 알 수 있을 것입니다."

곤은 빙그레 웃었다. 그의 말대로 일본군의 전차를 흉내만 낸 것이다. 이런 것으로 제국군의 화력을 막기란 쉽지 않았다. 그러나 다른 방도가 없었다.

셋밖에 되지 않는 상태에서 그들에게 중요한 것은 공격력이 아니었다.

어지간한 창칼에는 손상이 가지 않는 방어력이 필요했다. 씽을 지키려면 도시를 지켜야 한다. 그래서 거대한 강철을 두른 것만 같은 마차를 만들었다.

철로 마차를 두른 곤은 멀찌감치 떨어져 마차를 향해서 화살을 쏘았다.

팅! 소리를 내며 화살이 튕겼다.

이번에는 화살에 내공을 넣어 쏘았다. 내공이 들어간 화살과 그렇지 않은 화살은 파괴력에서 차원이 달랐다. 지금의 곤이라면 아무리 두꺼운 갑옷이라도 일격에 뚫을 수가 있었다.

팅!

그럼에도 곤의 화살은 마차의 외벽을 뚫지 못했다. 몇 겹이나 덧댄 것이 지금의 방어력을 가지게 했다.

"이렇게까지 할 필요가 있어?"

"제가 살던 곳이나 이곳이나 크게 다르지 않을 겁니다."

"뭐가?"

"전쟁의 참혹함이 어떤 것인지."

"사회생활을 전혀 해보지 않은 것 같더니. 전쟁에 대해서 꽤 아는 것처럼 들리는데."

"경험해 봤으니까요."

"그래, 어느 전쟁인지 물어봐도 되겠어?"

"모르실 겁니다."

"이렇게 보여도 A급 용병이라고. 전쟁사에 대해서는 어느 정도 꿰고 있어."

곤은 고개를 흔들었다. 그는 창문으로 비치는 밝은 햇살을 보며 중얼거렸다.

"인간이 인간에게 얼마나 잔혹한 짓을 저지르는지 전쟁이

나면 알게 되니까요. 그래서 전 전쟁이 싫습니다."

"뭐라는 거야."

곤의 말이 들리지 않아 안드리안은 미간은 좁혔다.

곤과 안드리안은 성벽 근처에 나와 있었다. 아콘이라는 지휘관을 찾아 상황이 어찌 돌아가는지 물어보기 위함이었다. 100골드나 처먹고 밖으로 내보내 주지 않았으면 최소한 정보라도 줄 것이라 여겼다.

"으으음."

성벽 근처로 다가가자 곳곳에 신음 소리가 들렸다. 얼마 전 전투로 인해서 생긴 부상병들이었다. 성벽에서 멀리 떨어진 곳에 간호 병동을 차려야 했지만 그러기에는 부상병이 너무 많았다.

닥치는 대로 이쪽으로 옮기다 보니 성벽 근처에 간호 병동이 생겨난 것이다.

무척이나 위험한 위치였다. 적들의 마법 공격이나 공성 병기의 위험에 그대로 노출됐다. 한 발이라도 그곳에 떨어지면 떼죽음을 당할 판이었다.

"우우우웁."

몇몇 병사들은 입을 가린 채 시체들을 땅에 파묻었다. 날씨가 더워 시체들의 부패 속도가 빨랐다. 가족들이 없는 병사들은 이렇게 처리를 할 수밖에 없었다.

백여 구가 넘는 시체들이 쓰레기처럼 마구 버려졌다. 시체를 버리던 병사들이 구토를 했다.

"저건?"

다른 잔인한 광경도 있었다. 소믈린과 계약한 용병들이 도
망을 치다 잡힌 것이다. 그들은 기사들에게 잡혀 교수형에 처
해졌다.

동요하는 병사들에게 본보기를 보이기 위해서 최대한 잔인
하게 그들을 처형했다.

용병들의 시체는 모두가 볼 수 있게 나무 꼭대기에 시체인
상태로 목이 매달렸다. 죽은 그들의 주변으로 수많은 파리들
이 날아다녔다.

"저기 있군요."

곤은 아콘을 가리켰다.

곤과 안드리안은 그에게 다가갔다. 곤을 알아본 아콘은 얼
굴을 찌푸렸다. 그는 곤과 안드리안에게 다가가 이곳에서 나
가라며 재촉했다.

"이거 왜 이러시나. 우리도 생명이 달린 일이니 지금 상황에
대해서 알아야겠소."

"알려줄 것 없어. 어서 썩 꺼지지 못해."

아콘은 주변의 눈치를 보며 말했다.

"갈까요? 저희와 약조한 계약서를 가지고?"

곤이 알아보니 이곳 세계 사람들은 계약에 대한 의식이 희
미했다. 용병들이야 알아서 계약서를 쓰지만 대체로 구두 약
속에 의존하는 경우가 많았다.

곤은 계약서의 중요성을 알고 있었다. 조선에서도 아무것도 모르는 농부들이 일본 순사들이 내민 계약서에 지장을 찍고는 모든 것을 빼앗기지 않았던가.

그래서 아콘과의 거래 때 계약서를 작성했었다.

계약서는 자신이 한 일을 남기는 가장 중요한 단서였다. 곤이 계약서를 흔들자 아콘의 얼굴이 흑색으로 변했다.

"그게 내 것이라는 증거가 있나?"

"있죠."

"헛소리 말아라."

"술법에는 이런 것도 있죠."

곤이 진실의 확인 술법을 외우자 계약서에 찍힌 지장과 아콘이 동일인문이라는 것을 확인해 주었다. 아콘의 얼굴이 있는 대로 구겨지는 것은 어쩔 수가 없었다.

"원하는 것이 뭔가."

"간단합니다. 저희도 이곳을 뜰 수 없으니 현재 상황에 대해서 알고 싶을 뿐입니다."

"상인들은 모두 동쪽 성문으로 나간 것으로 알고 있는데."

"저희는 제국으로 가야 합니다."

"허튼 소리. 제국으로 가기 전에 모조리 죽고 말 것이야."

"저희는 상인입니다. 그쪽이 조금만 도움을 주면 저희는 죽지 않을 겁니다. 고래 싸움에 새우가 끼어서 무엇을 하겠습니까. 하니 신뢰를 보여주십시오."

안드리안은 곤의 말솜씨에 놀랐다. 세상물정을 모르는 어수룩한 놈이라 여겼건만 상대와 거래를 하는 솜씨가 보통이 아니었다.

상대도 나름 기사.

그의 얼굴이 시시각각 묘하게 변했다. 거래에서 지고 있다는 증거였다. 상대는 무력이 강한 기사지만 상술에는 어두웠다.

곤은 확실하게 아콘을 제압하고 있었다.

"뭘 알고 싶나."

아콘의 항복이었다.

"이곳의 병력, 상대방의 병력, 기사들의 숫자, 화살의 재고량 등등 모든 것을 알고 싶소."

"자네에게 그것을 알려준 것이 들키면 난 죽은 목숨일세."

"장담하지만 도움이 될 것입니다. 저희는 반드시 이곳에서 살아남아야 합니다."

"허허, 참, 상인들의 집요함은 기사를 능가하는구만. 이 상황에서도 물건을 팔러 갈 생각을 하다니."

"본래 상인이라 족속이 그러합니다."

곤은 능청스럽게 상인의 역할을 잘 해냈다. 처음부터 곤을 상인으로 생각하고 있던 아콘은 한숨을 내쉬며 자신이 알고 있는 사실을 모두 얘기해 주었다.

상황은…….

생각보다 훨씬 심각했다.

*　　　　*　　　　*

샤를론즈의 군대가 공격을 시작했다. 이천 명에 달하는 군사들이 일제히 성문을 향해서 뛰었다.

"와아아아아아!"

제국군의 함성이 소믈린 전체를 뒤엎을 듯했다.

"각하를 보호하라라!"

톨로스가 외쳤다. 붉은 장미 기사단의 기사들이 샤를론즈를 에워쌌다.

"나의 개는 아직도 연락이 없나?"

"없습니다. 아무래도……."

"그를 죽일 만한 실력자가 소믈린에 남아 있다는 말인가?"

"모릅니다. 확인을 해봐야 하지만 정보가 차단되어 간자들이 나오지 못하고 있습니다."

"아까운 놈이지만 죽었다면 어쩔 수 없지."

가면을 쓴 샤를론즈의 눈빛이 매섭게 빛났다.

"나의 군대에게 무적의 힘을……."

그녀가 주문을 외웠다. 검은 마력이 그녀의 몸을 휘감더니 사방으로 뻗어나갔다. 검은 마력은 돌진을 하고 있는 병사들의 머리 위로 떨어졌다.

갖가지 눈동자의 색을 하고 있던 병사들의 눈빛이 검게 변해갔다.

"우아아아아아!"

병사들의 목소리가 높아졌다 그들은 더욱 빠르게 소믈린의 벽을 향해서 달려갔다.

"쏴라아아!"

소믈린의 성벽에서 엄청난 수의 화살이 날아왔다.

파파파팍!

화살을 맞은 제국군들이 쓰러졌다. 대부분이 상당한 상처였다. 고통으로 비명을 질러야 정상이었다. 어이없게도 그들은 대수롭지 않게 일어났다. 그들은 알아들을 수 없는 괴성을 지르며 성벽을 향해 달렸다.

빗발치듯 쏟아지는 화살에 맞아 백 명이 넘는 제국군 병사들이 쓰러졌지만 대부분이 다시 몸을 일으켰다. 그들은 마치 죽지 않는다고 알려진 어둠의 몬스터, 언데드를 연상시켰다.

"쏴라!"

세라포스 요새에서 가지고 온 20여 대의 투석기에서 주먹만한 크기의 돌들이 발사됐다. 수백 발이 넘는 돌의 위력은 상당했다.

퍼퍼퍼픽!

성벽 위에서 활을 쏘던 궁병들이 돌에 맞아 쓰러졌다. 갑옷에 돌을 맞은 병사들은 고통을 참으며 다시 활을 들 수가 있었다.

하지만 머리에 정통으로 돌을 맞은 병사들은 충격을 이기지 못하고 성벽 아래로 떨어졌다. 안쪽으로 떨어지든 바깥쪽으로 떨어지든 살아남을 수 있는 병사는 없었다.

궁수들이 활시위를 멈칫거리자 제국군 보병들은 사다리를

놓았다. 그들은 개미 떼처럼 달라붙어 사다리를 빠르게 올라 갔다.

"절대로 성벽 위로 올려 보내서는 안 된다. 끓는 물을 부어 라! 기름을 가져와!"

지휘관들이 소리쳤다. 그들에게 예비군은 없었다. 성벽이 무너지면 곧바로 도시가 펼쳐진다. 힘없는 노인들과 여성, 아 이들이 가득했다.

대량학살이 벌어질 것은 보지 않아도 뻔했다. 그동안 보여 줬던 제국군의 잔학성이라면 도시의 모든 사람을 말살할지도 몰랐다.

끓는 물과 기름이 부어졌다.

"크아아악!"

끓는 물에 화상을 입은 제국군 보병들의 상당수가 성벽에서 떨어졌다. 남은 자들은 재빨리 방패를 머리 위로 올려 끓는 물 을 튕겨냈다.

기름도 부어졌다. 성벽을 기어오를 채비를 하고 있는 보병 들의 머리 위로 쏟았다.

기사들은 플레이트 메일이나 스케일 아머를 입었다. 재질에 따라 방어력의 차이가 나기는 하지만 어지간한 도검류는 막아 낼 수가 있었다.

하지만 병사들을 그렇지 못했다. 특히 보병은 기동력을 중 시하기에 무거운 체인 메일을 입을 수가 없었다.

그들은 가죽으로 된 블레스트 아머를 입었다. 저렴하고 도

검에 잘 잘리지 않아 병사들에게 가장 인기가 높은 갑옷 중의 하나였다.

하지만 가죽으로 된 블레스트 아머에게는 치명적인 약점이 있었다.

바로 화공이었다. 갑옷을 오래 사용하기 위해 기름을 빽빽하게 먹였기 때문이었다.

블레스트 아머를 애용하는 것은 제국군의 보병들도 마찬가지.

그들의 머리 위로 불화살 한 발이 떨어졌다.

화아아아아아악!

거대한 화마가 성벽 밑에서 태어났다. 화마의 날카로운 이빨을 수백 명의 제국군 보병들을 한꺼번에 잡아먹었다. 수백 명이 한꺼번에 불에 타는 지독한 광경이었다.

샤를론즈의 흑마법으로 인해 공포와 두려움을 잃어버린 그들이었지만 지금과 같은 상황에서 이성을 유지할 수는 없었다.

그들은 살려달라며 비명을 질렀다.

차츰차츰 한 명씩 쓰러졌다. 아직 이성을 유지할 수 있는 몇몇 병사들은 검으로 자신의 목을 찔렀다. 불길 속에서 더 이상 고통을 당하기 두려웠던 병사들의 선택이었다.

"아군이 밀리는군요."

톨로스가 말했다.

"본래 공성전은 수비하는 자들이 유리한 법. 아군이 불리한 것은 당연하다."

샤를론즈가 피식 웃었다.

"그렇기는 하지만 병력이 너무 적습니다. 소블린을 점령하려면 최소 5천 이상의 병력이 있어야 합니다. 아니면 기사단을 투입할까요?"

"필요 없어. 저 병력이면 충분하다."

톨로스는 고개를 갸웃거렸다. 벌써 500명 이상의 병사들이 성벽 밑에서 죽었다. 악착같이 성벽 위로 올라가려고 했지만 적들의 반항이 너무 심했다.

예비군은 겨우 500명 정도밖에 되지 않는다. 더 이상 병력을 잃으면 소블린 점령은 물 건너간다. 그는 주군인 샤를론즈의 생각을 읽어낼 수가 없었다.

"적들이 물러나지 않습니다."

성벽 위에서 한 병사가 외쳤다.

병사의 말에 아콘은 얼굴을 와락 구겼다. 저 정도로 병력을 상실했다면 물러나는 것이 정상이었다.

이제껏 서로가 국지전만 유지했던 이유는 상대적으로 적은 병력 때문이기도 했다. 제국은 소블린을 점령할 병력이 없었고 소블린도 세리포스 요새를 칠 여력이 없었다.

하지만 소블린은 가장 큰 전력인 기사단을 잃었다. 그들로서는 절호의 기회였을 것이다.

그렇다고 하더라도 지금처럼 막무가내로 밀어붙일 줄을 생각하지 못했다. 이렇게 되면 양상이 바뀔 수도 있었다.

문제는…….

아직 제국군의 주력이라고 할 수 있는 붉은 장미 기사단이 움직이지 않고 있다는 것이다. 그들이 투입되면 소믈린으로서는 막대한 피해를 입게 된다.

"으으윽, 제국군이 성벽을 넘고 있습니다."

한 곳이 뚫렸다. 그곳을 향해 수십 명의 제국군이 넘어오고 있었다. 제국군에게 그곳은 구명줄이고 생명줄이었다. 살기 위해서 그곳을 넘어야 했다.

반면 소믈린의 입장에서는 그곳은 치명적인 상처였다. 내버려 두면 소믈린 전체가 죽는다.

"제길, 그 자식들."

사실 소믈린에는 기사단이 하나 더 있었다. 바로 영주의 직속 사설 솔개 기사단이었다.

사설 기사단과 왕국 직속 기사단의 차이는 지휘력이었다.

왕실 소속의 기사가 되기 위해서는 왕국에서 운영하는 아카데미를 졸업한 후에 왕에게 직접 검을 수여받아야 한다.

그럼 명예로운 기사가 될 수 있었다.

하지만 사설 기사단은 그들과는 조금 달랐다. 영주가 실력 있는 기사의 작위를 내려주는 것이다. 대부분이 사설 가문에서 수련을 쌓았거나 A급 이상의 용병들이었다.

즉, 사설 기사단과 왕실 소속의 기사단의 무력은 큰 차이가 없었다. 대신 군사를 지휘할 수 있는 지휘관으로서의 능력은 하늘과 땅 차이였다.

그렇기에 지금까지 영주인 루투소 백작은 50명에 달하는 기사단을 투입하고 있지 않았던 것이다.

그러나 지금처럼 소블린이 존폐의 위험에 처했을 때는 그들을 투입해야 정상이었다. 그들은 끝까지 자신들을 위험에 노출시키지 않았다.

아콘의 입에서 욕설이 튀어나올 수밖에 없는 상황이었다.

쿠르릉.

마차 한 대가 아콘 곁으로 다가왔다. 거대하면서도 위협적인 마차였다. 온통 검은색으로 칠해져 있었고 바퀴에는 시퍼런 두꺼운 검날이 박혔다.

아콘의 두 눈이 휘둥그레졌다. 말과 마차 전체가 철로 뒤덮였다. 마부석에서 곤이 뛰어내렸다.

"자네는……."

"성문을 열어주십시오."

"뭐?"

"저희가 저들의 뒤쪽을 치겠습니다."

"무슨 헛소리인가. 어서 꺼지게. 지금 이 상황이 보이지 않는가."

아콘은 버럭 화를 냈다.

그는 자꾸 와서 귀찮게 하는 곤이 짜증 났다. 소블린의 전력을 그에게 누출했을 때도 죄책감이 컸다. 만약 곤이 제국군 첩자라면 소블린은 끝장이었다.

한데 지금은 더욱 황당한 요구를 해대는 것이다. 성문을 열어 달라니. 미치지 않고서야 그런 요구를 들어줄 수는 없었다.

"지금이 적기입니다. 적들을 물러나게 할 수 있습니다."

"겨우 저 마차 한 대로?"

"적들도 그리 생각하겠죠. 겨우 마차 한 대로."

아콘은 손가락으로 이마를 눌렀다. 솟구치는 짜증을 억지로 가라앉혔다.

"좋은 말로 할 때 가시오. 당신과 시답지 않은 말을 떠들 때가 아니오."

그는 등을 돌렸다. 자신이 직접 성벽으로 올라가 아군을 지휘할 셈이었다.

뚫린 곳에서 적들이 마구 넘어왔다. 그들은 지휘관을 집중적으로 노렸다. 특히 얼굴이 검은 놈들에게 자폭 마법이 걸려 있었다. 그들은 죽음을 각오하고 지휘관과 동반으로 폭발했다.

아콘도 그들의 저격 대상이 되었다.

"기사님! 피하십시오. 보통 놈들이 아닙니다."

병사들이 외쳤다.

다섯 명의 제국군이 아콘을 향해서 맹렬하게 다가왔다. 아콘도 물러서지 않았다.

서로의 검이 막 부딪칠 때였다.

"뇌격의 술."

곤은 작은 목소리로 주문을 외웠다. 마른하늘에서 서너 발의 벼락이 떨어졌다. 벼락은 아콘을 향해서 달려들던 제국군의 머리 위로 정확히 떨어졌다.

빠지지지직—

모두가 타 죽었다.

즉사였다.

곤으로서는 꽤나 위험한 술법이었다. 그는 술법은 명중도가 상당히 낮았다. 간신히 쓰게 된 재앙술 3식의 뇌격우는 일정 지역을 초토화시킬 수가 있지만 지금처럼 저격으로 쓰기에는 어려웠다.

사실 한 단계 낮은 술법인 뇌격의 술도 반신반의했다. 어쨌든 결과물은 좋았다.

아콘의 꽤나 놀란 표정으로 곤을 보았다.

"당신 메이지요?"

곤은 고개를 끄덕였다. 샤먼과 마법사의 차이를 설명하기에는 돌아가는 상황이 너무 급박했다. 여기서 제국군이 더욱 많이 성벽을 넘어오면 기습도 하기 전에 소블린이 무너질 수도 있었다.

아콘은 곤을 유심히 살폈다. 그가 메이지일 것이라고는 생각도 하지 못했다. 곤이라는 자는 등에 활을 메고 다녔다. 당연히 궁사일 것이라 여겼다.

설마 일부러 그렇게 보이기 위해서 위장을 했단 말인가.

이자가 메이지라…….

메이지가 이런 촌구석까지 올 줄은 몰랐다. 아콘도 아카데미에서 마법 수련생을 몇 번 본 적이 있었다. 대부분이 괴팍하고 성격이 더러웠다.

그들은 자신들에 대한 우월감이 높아서 보통 사람이 이해하기도 접근하기도 힘들었다.

그런데 곤이라는 자는 전혀 그렇게 보이지 않았다. 어쩌면 메이지에 대한 고정관념이 있기 때문에 곤을 그렇게 봤는지도 모른다.

"당신이 메이지라면 우리에게 큰 도움이 될 것이오. 하지만 메이지가 근접전을 한다는 말을 들어보지 못했소."

"제가 그를 보호할 거예요."

마차에 타고 있던 안드리안이 문을 열며 나타나 대답했다.

"겨우 둘이서?"

"충분합니다."

"상대는 천 명이 넘는데?"

"모두 상대를 한다는 것이 아닙니다. 그럴 능력도 없고요. 저들이 소블린의 지휘관을 노리는 만큼 저희도 똑같이 할 겁니다."

"아."

아콘은 손을 마주쳤다. 제국군의 지휘관만 잡아낸다면 제아무리 강력한 병사들이라고 하더라도 와해되고 만다. 곤과 안드리안이 저격수의 역할을 해주겠다는 말이었다.

"그럼 부탁하오. 성공만 한다면 적절한 보수를 약속하겠소."

소블린이 제국군에게 점령되는 것을 막아준다면 무엇이든

못하랴.

제아무리 물욕에 눈이 먼 루투소 백작이라도 충분한 보상을 해주지 않고는 배기지 못할 것이다. 그가 보상을 해주지 않는다면 병사들과 기사들의 사기에 심각한 타격을 입히게 된다.

아무도 그를 위해서 싸워주지 않을 테니까.

"성문을 열어라!"

아콘은 직접 성문을 지키는 병사들에게 명령했다. 그의 명령을 들은 병사들이 기겁했다. 미치지 않고서야 한창 전투가 벌어지는 성문을 열라고 하겠는가.

아콘은 설명을 할 시간이 없었다. 지금도 제국군이 성벽을 넘어오고 있었다. 메이지를 서둘러 내보내야 했다. 그가 직접 성문을 열었다. 병사들이 말렸다. 아콘은 그들에게 괜찮다고 말했다. 성벽의 지휘관은 아콘이다. 병사들은 눈치를 보며 어쩔 수 없이 성문을 열어야 했다.

"곧 열리오. 서둘러 나가시오. 곧바로 문을 닫겠소."

곤은 고개를 끄덕인 후 마차 안에 들어갔다.

마부석에는 안드리안이 앉았다. 마부석 역시 온통 강철로 뒤덮여 있었다.

끼이이익.

성문이 열렸다.

"이랴!"

안드리안은 말고삐를 당겼다. 엄청나게 무거운 마차가 서서히 움직였다. 가속이 붙자 마차는 제법 빠른 속도로 성문을 빠져나갔다.

성문을 깨려고 하던 제국군과 마차가 마주쳤다. 제국군은 갑자기 성문이 열리자 어안이 벙벙한 모습이었다.

곤은 마차에 달려 있는 창문을 열어 손바닥을 폈다.

"재앙술 1식, 폭풍의 술."

작은 회오리가 생겨나 제국군을 향해서 날아갔다. 점점 커진 회오리는 십여 명의 제국군을 멀리 날려 버렸다.

정면이 뚫렸다.

안드리안이 모는 마차는 어렵지 않게 성을 빠져나갔다. 마차가 빠져나가자 성문은 곧바로 닫혔다.

마차는 성을 중심으로 크게 원을 돌았다.

"뒤에서부터 치십시오."

"걱정 마."

곤은 활시위에 활을 걸었다. 지휘관으로 보이는 제국군을 향해 연달아 화살을 날렸다. 움직이는 물체를 맞히는 것은 매우 어렵다. 하지만 곤의 궁술은 이미 상당한 경지에 이르렀다. 움직이는 물체라고 하더라도 다섯 발 중에 세 발은 맞힐 실력이 되었다.

한창 전투를 벌이고 있던 제국군은 미처 뒤쪽을 신경 쓰지 못하고 쓰러졌다.

바퀴에 달린 칼날이 맹렬하게 돌아갔다. 마차는 성벽을 따라 달렸다. 길고 날카로운 칼날은 제국군 보병들의 육신을 마구 잘라냈다.

"우아아아아!"

성벽 위에서 소믈린 병사들의 환호성이 터졌다. 그제야 상황을 눈치챈 제국군 병사들이 마차를 향해서 몰려들었다.

곤은 계속해서 화살을 날렸다.

제국군 보병들이 머리가 뻥뻥 뚫린다. 가까이 다가왔다고 하더라도 마차 바퀴에서 도는 칼날에 도륙되고 말았다.

"창을 던져라!"

제국군은 마차를 향해 창을 던졌다. 하지만 강철로 무장한 마차의 벽을 뚫을 수는 없었다. 창과 활은 마차의 벽면을 때리고는 바닥에 떨어졌다.

"제기랄, 마부를 잡아라. 안 되면 말이라도 죽여!"

제국군 지휘관이 소리쳤다. 그 말을 끝으로 곤이 쏜 화살에 맞아 머리가 박살났다.

제국군 병사들이 던진 화살이 말과 안드리안에게 날아갔지만 제대로 맞힐 수가 없었다.

콰지지지직! 콰지지지직!

마차는 병사들을 마구 짓밟았다. 마차의 무게로 인해 병사들의 내장이 펑펑 터졌다.

제국군의 얼굴이 사색으로 변했다.

무슨 수로 괴물 마차를 잡아야 하는지 떠올릴 수가 없었다.

마차 안에서 쏟아져 나오는 화살의 명중률은 얼마나 대단한지 입을 뻥끗거리는 지휘관의 머리통은 누구나 할 것 없이 박살이 나고 말았다.

성벽 위에서 쏟아지는 화살과 뒤쪽에서 치고 들어오는 강철 마차로 인해 제국군은 사지로 내몰렸다.

"저, 저건 뭐야."

톨로스가 외쳤다. 제국에도 저런 형태의 전차가 있기는 하다.

제국의 전차는 2인승으로 바퀴의 칼날이 저렇게 길지 않았다. 같은 전차끼리 바퀴가 뒤엉키는 먹을 막기 위함이었다. 또한 지붕이 없었다.

전차병들의 몸이 그대로 노출이 되기에 원거리 공격에는 꽤나 취약했다.

그러나 지금 보이는 검은색 전차는 온통 철로 뒤덮였다. 말들이 서지 않는 이상 뚫고 들어갈 수 있는 방도가 보이지 않았다. 대륙에서는 본 적이 없는 전차였다. 방어력은 뛰어나지만 저래서는 말이 버티지 못한다.

"기사들을 보낼까요?"

톨로스는 샤를론즈에게 물었다.

"이미 늦었다. 기사들이 도착할 때쯤 놈이 이미 내빼고 없을 거야."

"그럼?"

이대로 두다간 보병들은 전멸이었다. 아무리 기사들이 강하다고 하더라도 기본적으로 보병이 없으면 전투는 성립되지 않는다. 보병을 잃는다는 말은 전투에서 패배한다는 말과도 같왔다.

샤를론즈는 마차를 향해서 손을 뻗었다.

"블랙 라이트닝!"

주문과 함께 그녀의 로브에서 검은 번개가 마차를 향해 쏟아졌다. 철로 뒤덮은 마차라면 충분히 통한다. 마차는 멀쩡할지 모르지만 타고 있는 자들은 시커멓게 타서 죽을 것이다.

빠지지직—

블랙 라이트닝이 마차에 명중했다.

"이럴 수가."

톨로스의 입이 떡 벌어졌다. 블랙 라이트닝이 마차에 명중을 하는 순간 푸른색이 흘러나와 마법을 소멸시켜 버린 것이다.

"크흠."

샤를론즈의 입에서도 신음이 흘렀다.

"마차에 수준 높은 메이지가 타고 있다. 이 거리에서 마차를 잡기 힘들어."

"보병을 후퇴시키겠습니다."

샤를론즈는 고개를 끄덕였다.

명령을 받은 톨로스가 고동을 불었다.

뿌우우우우웅, 뿌우우우우우우웅, 뿌우우우우우웅.

길게 세 번.

고동 소리를 들은 제국군이 앞다투어 뒤로 물러났다. 기다리던 소리였다.

그들은 별다른 소득도 없이 엄청난 희생을 치른 후에 물러 났다.

"잠시의 기쁨을 누려라. 며칠 안에 너희는 지옥을 보게 될 것이다."

물러나는 샤를론즈의 눈에서 붉은 안광이 넘실거렸다.

*　　　*　　　*

곤과 안드리안은 영웅이 되었다. 병사들은 그들의 이름을 연호했다. 제국군이 크게 패하고 후퇴했다는 소문은 빠르게 퍼졌다.

시민들은 거리로 쏟아져 나와 환호성을 질렀다. 모두가 오늘이 마지막이라고 생각했다. 마음을 준비한 시민들은 상당수였다.

기사단까지 격파당한 상황에서 몇몇 지휘관과 병사들만으로 그들을 막기란 불가능했다.

하지만 갑자기 나타난 정체모를 마차 한 대와 한 명의 메이지, A급 용병으로 인해서 상황은 뒤집어졌다. 제국군은 천 명 이상의 보명을 잃었다.

제아무리 제국군이라고 하더라도 병력의 보충 없이는 소믈린을 치지 못한다.

혹여 병력을 보충한다고 하더라도 다시 침공하기가 어려웠다. 소믈린에서도 가만히 있지 않을 것이다. 이미 본국에 이 사실을 알렸다.

며칠 되지 않아 지원군과 기사단이 도착할 터였다. 그때까지만 버티면 되는 것이다.

아콘과 곤, 안드리안은 같이 저녁 식사를 했다. 아콘의 얼굴에서는 웃음이 끊이지 않았다. 소블린 병사들의 사상자는 극히 적었다. 제국군은 열 배에 달하는 사상자를 냈다.

잠시 위험하기는 했지만 커다란 승리였다.

어찌 기쁘지 않으랴.

"그런데 한 분 더 계시지 않았습니까?"

아콘이 물었다. 왼팔이 잘린 기사가 한 명 더 있던 것으로 기억났다.

"동료 중에 부상자가 있습니다. 그는 부상자를 보호하고 있습니다."

"아, 그렇군요. 저희가 의원을 보내드릴까요?"

"괜찮습니다. 그 정도로 심한 부상은 아닙니다."

안드리안이 거절했다.

혹시라도 누군가 씽과 함께 있는 물건에 대해서 알게 되면 얘기는 복잡해진다. 눈앞에 있는 기사가 눈이 뒤집힐지도 모를 일이었다.

신의도 저버릴 수 있는 위험한 물건이 바로 '하렘의 심장'이었다.

"어디에 묵고 계신지 얘기는 해주십시오. 영주님께 말씀드려 초대를 하겠습니다."

"그러실 필요까지는 없습니다."

안드리안은 정중히 거절했다. 어서 빨리 썽을 완치시키고 이 지긋지긋한 곳에서 나가고 싶었다. 여기서 묶일 생각은 전혀 없었다.

"아닙니다. 은인들을 절대로 그냥 보낼 수 없습니다. 또한 곤과 안드리안 님은 병사들과 시민들의 영웅이십니다. 한낱 미물도 은혜를 압니다. 저희도 그렇습니다. 부탁이니 초대를 거절하지 마십시오."

아콘은 완곡히 부탁했다. 아픈 딸도 이들 덕분에 치료를 할 수 있게 되었다. 여러모로 이들은 그에게 은인이었다.

전투 중에 함부로 한 경향도 있었기에 아콘은 더욱 그들에게 성심을 다했다.

곤과 안드리안은 더 이상 거절을 할 수가 없었다. 그들은 아콘의 부탁을 승낙했다.

*　　　*　　　*

예상대로 제국군의 침공은 더 이상 없었다. 정찰을 나갔던 병사들도 근처에 제국군이 보이지 않는다고 하였다. 세리포스 요새로 철수를 한 것 같다고 보고했다.

소믈린의 병사들은 만세를 불렀다.

용병들 역시 마찬가지였다. 죽을 각오를 하고 이곳에 남은 덕분에 상당한 거액을 손에 쥘 수가 있었다.

곤과 안드리안은 루투소 백작 성에서 열리는 만찬에 초대를 받았다.

하필 만월이 뜨는 날이었다. 그렇다고 해도 약속을 했으니 초대를 거절할 수가 없었다. 곤과 안드리안은 저녁만 재빠르게 먹고 오기로 마음을 먹었다.

오늘을 놓치면 보름을 더 기다려야 한다. 그때까지 씽의 심장은 버틸 수가 없었다.

반드시 오늘 안에 치료를 해야 했다.

뮬란은 초대받지 못했다.

자신들만 초대를 받고 가자니 무척이나 미안했다. 뮬란은 걱정하지 말라며 손사래를 쳤다. 켈리온 남작을 잃고 나서 그는 꽤나 풀이 죽어 있었다. 식사도 제때 하지 않았고 검술 연습도 손에서 놓았다.

그런 그가 걱정이 됐다.

"그럼 후딱 갔다 올게요. 저녁 꼭 챙겨 드세요."

안드리안이 말했다.

"걱정 마시오. 내 한 몸 간수할 정도는 되오."

뮬란은 빙그레 웃었다. 일부러 밝게 웃고 있다는 것이 느껴졌다. 그 모습이 더 걱정된다.

"요즘 통 식사를 안 하셨잖아요. 꼭 챙겨 드셔야 돼요."

"알겠소. 약속하리다."

그의 다짐을 듣고서야 곤과 안드리안은 여관을 나왔다. 그들은 몇 번이고 여관을 뒤돌아보았다.

          *   *   *

로크와 타이온은 성벽 위에서 경계를 서고 있었다. 제국군이 물러갔다고 하지만 완전히 안심을 할 때는 아니었다. 언제 어디서 갑자기 들이닥칠지 모르는 자들이 제국군이었다. 그렇기에 소블린에서 사는 이상 경계는 필히 이뤄져야 했다.

"아우, 미치겠네."

로크는 인상을 찌푸리며 불만을 내뱉었다.

"조금만 참게. 곧 있으면 교대야."

"그렇긴 한데. 아오, 시체 썩는 냄새가 너무 지독해. 이러다가 성안에 전염병이 도는 것은 아닌지 모르겠어."

"영주께서 제국군에게 공포심을 심어줘야 한다고 그러지 않나. 우리가 뭔 힘이 있겠나. 위에서 까라면 까야지."

그들은 한숨을 푹푹 내쉬었다.

그도 그럴 것이 제국과의 계속된 전투로 인해 성벽 밑에는 산더미처럼 시체가 쌓여 있었다.

일차적으로 아군의 시체를 성안으로 들여왔다. 다음으로 그들의 병장기를 수거했다.

하지만 제국군의 시체까지 장사 지내줄 필요까지 느끼지 못했다.

시체들을 처리하는 것은 지원군이 도착하여 성벽 밖에서도 안전하게 활동을 할 수 있을 때였다.

"그런데 시체 썩는 냄새가 이렇게 강했나. 오늘은 어째 더 심해진 것 같네."

로크는 의아한 듯 고개를 갸웃거렸다.

"그러게. 이 정도까지는 아니었는데."

그들은 고개를 성벽 밖으로 내밀었다. 만월이 뜬 상태라 시야를 확보하는 데는 큰 지장이 없었다.

병사들의 눈동자가 엄청나게 커졌다.

성벽 밑에는……

엄청난 숫자의 시체가 뒤엉켜서 움직이고 있었다. 시체들은 꾸물꾸물 움직이며 병사들을 정확히 바라봤다. 시체들의 안광이 섬뜩하게 빛났다.

크오오오오.

시체들이 살아서 움직였다. 그들은 성벽을 타고 기어 올라오기 시작했다.

로크와 타이온의 이빨이 위아래로 마구 부딪쳤다. 있을 수 없는 일이 그들의 눈앞에서 벌어지고 있었다.

"으, 으아아아아아! 마, 망자들이 되살아났다!"

Chapter 4. 심장을 먹다

샤를론즈의 앞세운 제국군이 다시 모습을 드러냈다. 핵심 전력인 붉은 장미 기사단은 거의 보존했다. 기마병들도 마찬 가지였다.

비록 상당수의 보병들을 잃기는 했지만 아직 천 명이라는 숫자가 남았다.

이 정도면 충분했다.

크오오오오오!

부서진 달이 환히 비치는 밤.

성벽 아래의 쌓인 시체들이 조금씩 움직이기 시작했다. 시 체들의 움직임이 빨라졌다. 그들은 만월을 향해 기괴한 울음 을 터뜨린 후 성벽을 기어올랐다. 부러진 뼈를 성벽 틈에 박아

넣는다.

그것들은 일반적인 상식으로 성벽을 오르지 않았다. 망자들이 성벽에 빼곡하게 달라붙었다.

그 괴기함이란 이루 말을 할 수가 없었다.

샤를론즈의 오른팔이라 할 수 있는 톨로스조차 마른침을 삼켰다. 다른 이들은 말을 할 것도 없었다.

"이건 무슨 마법입니까?"

톨로스가 물었다. 정말로 공포스러운 마법이었다. 이런 마법이 있다는 것조차 톨로스는 처음 알았다.

그녀의 본질은 흑마법사의 일종인 다크 소서러다. 신성왕국에서 이 사실을 알면 난리가 나겠지만 제국에서는 그녀의 존재를 묵인했다.

너무도 강력한 마법으로 제국에 큰 이익을 가져다주기 때문이었다.

더군다나 그녀는 테일즈 백작 가문의 장녀. 함부로 손을 댈수도 없었다.

"궁극의 망자 소환술 디시즈 레퀴엠. 해가 뜰 때까지 저들은 멈추지 않는다. 망자의 군대인 셈이지."

"좀비입니까?"

"아니, 좀비랑은 좀 다르지. 좀비는 다른 사람을 감염시키지만 저들을 그러지 못하거든. 대신 생존력은 더욱 월등하다. 장담하지. 내일 새벽이 올 때쯤이면 도시에 살아 있는 사람은 존재하지 않을 거야. 무혈입성이다."

"……."

톨로스는 대답하지 않았다.

저게 어째서 무혈입성이란 말인가. 성벽에서 죽은 아군의 숫자는 2천 명이 넘었다.

망자들을 만들어내기 위해 저토록 많은 아군을 죽였다는 말과도 같았다.

그는 온몸을 부르르 떨었다.

아름다운 외모와 다르게 치 떨리는 잔인함이었다. 그녀는 전장의 마녀가 아니라 전장의 악마였다.

* * *

루투소 백작의 성은 화려했다. 성문에서 성까지 가는 길에는 신들의 조각상이 일정한 간격으로 있었고 바닥은 화강암으로 깔았다.

도시의 권력을 독점한 집권자들이 모두 모여 있을 듯했다. 각각의 가문을 상징하는 깃발을 단 마차가 수십 대씩 늘어서 있는 것을 보면.

이곳에 떨어지고 나서 처음으로 보는 화려함이었다. 자연과의 조화를 중요시하는 한옥과는 또 다른 아름다움이었다. 뭐랄까. 인간의 위대함을 신에게 자랑하기 위한 아름다움이랄까. 그런 느낌이었다.

"에이씨, 내 이럴 줄 알았어. 그래서 오지 않으려고 했던

건데."

안드리안이 투덜거렸다.

"왜요?"

"귀족들이 모인 곳은 짜증 나. 모든 것이 자기 위주거든. 우리가 도시를 지킨 영웅이라고? 아마, 처음만 아는 체를 할 거야. 그때부터 우리는 구석에 짱박혀 있어야 할 걸."

"이런 곳에 와본 적 있어요?"

"음… 아마도. 예전에."

안드리안은 말을 얼버무렸다. 확실히 그녀는 감추고 있는 것이 많았다. 일단 달에서 살던 종족이라는 것부터 말이 안 되지 않은가.

믿지 않을 수도 없었고.

"제가 아는 귀족은 꽤 괜찮은 사람이던데."

"당신이 아는 귀족이 있어?"

"켈리온 남작하고 기사 뮬란 말입니다."

"아, 그들은 정말 특이한 사람들이야. 어쩌면 몰락한 가문을 일으켜 세우기 위해 몸을 낮추는 것이 몸에 배서 그럴 수도 있고."

켈리온 남작과 뮬란을 생각하자 안쓰러움이 밀려왔다. 어딜 가든 귀족들의 악명이 높지만 그들에게서는 그런 느낌을 받지 못했다. 본래 나쁜 사람들은 아니었다.

"그들에게 이번 임무가 꽤나 중요했을 텐데 안타깝게 됐어."

안드리안도 같은 생각인 모양이었다.

켈리온 남작은 제국군 기사들에게 죽었다. 뮬란도 왼팔을 잃었다. 기사가 팔을 잃었다는 것은 사형선고를 받는 것과 마찬가지였다.

어지간히 노력을 쌓지 않으면 본래의 실력을 되찾지 못한다. 그의 나이나 성격으로 보아 고향으로 돌아가면 다시는 검을 잡지 못할지도 몰랐다.

다시 가문이 몰락하지 않았으면 하는 바람이었다.

"어디서 오신 분들입니까?"

손님을 맞이하는 메이드가 방긋 웃으며 다가왔다. 입술은 웃고 있지만 눈동자는 그렇지 않았다. 곤과 안드리안을 재빨리 훑어본다.

곤과 안드리안은 허름한 옷을 입고 있었다. 빨아서 입었다고 해도 용병의 티를 벗지는 못했다.

"저는 안드리안이고 이 사내는 곤이라고 합니다."

안드리안이 직접 이름을 밝혔다.

"곤 님과 안드리안 님이라."

메이드는 종이 한 장을 펴서 초대된 인원의 이름을 살폈다. 명단 가장 아래에 곤과 안드리안이 적혀 있었다. 그녀는 다시 방긋 웃으며 말했다.

"아, 여기 있네요. 들어가세요."

고개를 끄덕인 곤과 안드리안은 한창 파티가 벌어지고 있는 호화로운 그랜드 홀 안으로 들어갔다.

"봤지?"

안드리안이 작게 물었다.

"느꼈습니다."

"그것 봐. 귀족들이라는 것이 원래 그래. 그들이 부리는 하녀조차 우리의 겉모습만 보고는 경멸하는 눈빛을 보이잖아. 너희가 왜 이런 곳에 왔냐는 듯이."

"그러네요."

"이건 맛보기야. 점점 더 심해질걸."

"그런 말을 들으니 어서 돌아가고 싶어지네요."

"그래. 그러니까 얼굴을 비추고 저녁만 먹고 돌아가자. 우리한테는 할 일이 있잖아."

"그러도록 하죠."

그들이 그랜드 홀에 들어서자 아콘이 알아보고는 급히 다가왔다. 파티에 맞게 그는 꽤 근사한 정복을 입고 있었다. 주위를 살펴보니 그와 같은 옷을 입고 있는 사람들이 몇몇 있었다.

"예상은 했지만 역시나군."

"뭐가요?"

"아콘 말이야. 그는 왕실 아카데미를 졸업한 기사야. 즉 사설 기사단이 아닌 왕립 직속 기사단 소속이란 소리지. 말단이라고 하더라도 꽤 명예로운 직함이야."

사설 기사단이 뭔지, 왕립 직속 기사단이 뭔지 모르는 곤이었다. 당연히 차이가 뭔지 모른다.

곤은 고개만 끄덕였다.

"잘 오셨습니다. 그렇지 않아도 언제 오시나 걱정하고 있었습니다."

아콘은 정중하게 고개를 숙였다.

안드리안과 곤은 용병이다.

같은 평민 출신이라고 하더라도 기사와 용병의 차이는 하늘과 땅이었다. 굳이 저렇게 예의를 차릴 필요는 없었다. 다른 사람들의 보는 눈도 있으니 받는 입장에서는 난처했다.

"자, 이번 전투의 영웅이신 곤과 안드리안이 오셨습니다."

아콘은 음악이 흘러나오는 그랜드 홀의 많은 사람들에게 곤과 안드리안을 소개했다.

시선이 일제히 그들에게 쏠렸다. 모두의 주목을 받자 얼굴이 화끈해지는 곤과 안드리안이었다.

하지만 그뿐이었다.

곤은 키가 크지만 상당히 마른 것처럼 보였다. 옷을 벗겨놓지 않는 한 그가 알찬 근육질로 되어 있다는 것을 알지 못했다.

안드리안은 머리색이 너무 화려했다. 섣불리 다가갈 수 없는 아우라가 분명 존재했다.

그리고 그들의 옷은 화려한 파티와는 맞지 않았다. 이곳에서 그들은 이방인이었다.

아무리 전투에서 큰 공을 세웠다지만 신분이 맞지 않는 사람들과 대화하는 것을 꺼리는 귀족들의 특성상 흥미를 잃고 금방 고개를 돌려 버렸다.

곤과 안드리안에게 다가와서 인사를 하는 자들은 아콘과 비슷한 복장을 한 기사들뿐이었다.

곤과 안드리안이 어떤 식으로 싸워서 제국군을 물러나게 했는지 잘 알기에 호기심이 일었기 때문이었다.

특히 전술에 흥미가 있는 자들은 거대한 철마차를 만들었다는 소리에 귀가 솔깃하여 무용담을 듣고 싶어 했다.

하나, 곤과 안드리안은 재미있게 무용담을 늘어놓는 타입이 아니었다. 곤과 안드리안은 기사들의 물음에 단답형으로 대답했다.

그들의 말에 기사들도 불편함을 느끼고 하나둘씩 자리를 떴다.

곤과 안드리안은 차라리 잘됐다 싶어 이곳저곳을 돌아다니며 음식을 먹었다. 조미료가 첨가된 음식은 이곳에 온 후 처음 먹어본다.

차라리 외톨이가 되는 것이 훨씬 마음 편했다.

"음, 정말 맛있는데요."

"그지? 귀족들은 싫지만 이것 하나는 좋아. 매일 이렇게 맛있는 음식을 먹을 수 있으니."

곤은 고개를 끄덕였다.

잠시 후 성의 주인이자 영주인 루투소 백작이 등장했다. 그의 등 뒤로는 붉은 갑옷을 입은 수십 명의 기사들이 따랐다. 아콘이 입은 깔끔한 정복과는 다르게 무척이나 화려한 치장을 한 기사들이었다.

아콘이 루투소 백작에게 예를 올린 후 곤과 안드리안을 소개했다.

"아, 자네들이 이번 전투의 영웅들이신가."

너무 뚱뚱해서 목이 보이지 않는 루투소 백작이 허허 웃으며 손을 내밀었다.

비록 상대가 마음에 들지 않는다고 하더라도 소믈린의 영주였다. 영주는 지배하는 땅의 왕과도 같았다. 그가 법이었고 즉결처분권도 가지고 있었다.

그의 기분을 상하게 한다면 어떤 해코지를 당할지 알 수 없었다.

안드리안에게 귀족의 예의를 배운 곤은 한쪽 무릎을 꿇고 고개를 숙여 정중하게 인사했다.

"루투소 백작 각하를 뵙니다."

"루투소 백작 각하를 뵙습니다."

안드리안 역시 한쪽 무릎을 꿇고 예를 올렸다.

백작은 기분이 좋은지 연신 웃음을 터뜨렸다.

"허허허, 그래, 자네들 이름이 무엇이라고 하였지?"

"곤이라고 하옵니다."

"안드리안이라고 합니다."

"곤과 안드리안이라. 성이 없는 것을 보니 평민인가 보지?"

"그렇사옵니다, 영주님."

안드리안이 대신 대답했다.

"허허허, 겨우 평민들이 이런 큰 공을 세우다니. 개천에서 용이 난 격이구만. 그래, 자네들은 큰 공을 세웠으니 상을 내리 겠네. 무엇이든 가지고 싶은 것이 있으면 얘기를 하게."

개천에서 용이 나? 아무리 신분이 높다고 하지만 면전에 두고 할 소리는 아니었다.

기가 찰 노릇이다.

"원하는 것은 없습니다. 할 일을 했을 뿐입니다."

"오호, 천한 용병의 신분이지만 의기만은 기사 못지않구나. 괜찮다. 가지고 싶은 것이 있으면 뭐든지 얘기를 해보거라. 금화를 달라면 금화를 줄 것이고, 여자를 안게 해달라면 그렇게 해주마."

거지에게 적선을 한다는 듯이 말한다. 더 이상 영주라는 작자와 말을 섞기가 싫었다.

"이들은 용병입니다."

이들에게 너무 형편없이 대하는 것이 마음에 걸린 아콘이 끼어들었다. 용병이라는 것을 영주에게 각인시키고 적절한 보상을 해줬으면 하는 바람이었다.

"그렇지. 용병은 돈을 받고 목숨을 파는 존재들이지. 내가 미처 그것을 파악하지 못하였구나. 좋아, 이들에게 금화 열 개씩을 내주거라."

고개를 숙인 아콘의 표정이 일그러졌다. 영주는 아무래도 아콘의 내심을 잘못 이해한 모양이었다.

금화 열 개는 분명 적은 돈이 아니었다. 평민들이 금화 열 개를 모으려면 몇 개월을 뼈 빠지게 일만 해야 했다.

그렇지만 소믈린을 구한 영웅들에게 내릴 처우는 아니었다.

하지만 영주의 말은 법이었다. 바꿀 수 있는 사람은 오직 왕과 본인뿐이었다. 그가 금화 열 개를 상으로 주라고 했으면 그런 것이다. 바뀌지 않는다.

붉은 갑옷을 입은 기사가 품에서 금화를 꺼내 곤과 안드리안에게 던졌다.

땡그랑.

금화가 굴러갔다.

굴러간 금화는 곤과 안드리안 앞에서 멈춘 후 쓰러졌다.

주워서 가지란 소리였다.

곤의 주먹이 절로 쥐어졌다. 이런 꼴을 당하려고 악착같이 싸운 것이 아니었다. 왜 안드리안이 그토록 귀족들을 싫어하는지 알 것 같았다.

안드리안은 짧게 한숨을 내쉬며 금화를 주웠다. 그녀의 모습을 본 곤도 금화를 주웠다.

"그래도 정말 웃기지 않습니까. 소믈린의 영웅이라니요. 겨우 제국군 병사 몇 명 죽인 거 가지고. 그러면 저희들은 영웅의 아버지쯤 되겠네요."

백작의 옆을 지키던 중년의 기사가 말했다.

"그런가. 하긴 자네들이 출동을 했으면 버러지 같은 제국군 놈들은 씨가 말랐겠지. 제국의 황제를 수호하는 수호자들이 온다고 하더라도 자네들이라면 능히 당해낼 수 있을 것이야. 허허허."

루투소 백작이 웃었다.

"높게 봐주셔서 감사합니다. 하지만 이것은 약속드립니다. 저희가 있는 이상 세상 누구도 백작 각하를 건드리지 못할 것입니다."

"허허허, 그것 참 든든하구만."

기사들이 따라 웃었다. 그들이 웃자 귀족들도 앞다투어 광소를 터뜨렸다.

웃지 않는 자들은 전투에 참여한 아콘과 그와 같은 복장을 한 기사들뿐이었다.

곤은 기가 막혔다. 이들이 왜 제국군을 우습게 보는지 이해가 되지 않았다. 자만심인가.

비록 운이 좋아 제국군이 물러가기는 했지만 그들은 진짜로 강했다. 샤를론즈를 호위하고 있는 붉은 장미 기사단은 잘 간 도검처럼 날이 서 있었다.

이들이 과연 그들을 상대할 수 있을까?

아무리 봐도 붉은 장미 기사단을 이길 수 있을 것이라 보이지 않았다.

혹시 숨겨놓은 패가 있는 것일까. 그건 아니라고 보인다. 영주를 호위하는 기사들이니만큼 그만한 역량을 있을 것이지만 이들이 붉은 장미 기사단보다 강하다고 여겨지지는 않았다.

"저희는 이만 물러가겠습니다. 천한 것들이라 고귀한 분들의 눈을 더럽힐까 걱정이 되는군요."

안드리안은 정중하게 말했다. 하지만 그녀의 말에 은근한

가시가 섞여 있다는 것은, 눈치가 **빠른** 사람이라면 알아차릴
수가 있었다.

"흥, 불만이 있는 것처럼 들리는구나."

중년의 기사가 이죽거렸다.

"그럴 리가 있겠습니까. 감히 저희가."

"입만 그렇게 떠들고 있구나. 눈빛은 전혀 그렇지가 않은
데."

곤과 안드리안은 속에서 부아가 치밀었지만 억지로 참았다.
저들과 말을 섞어서 이득이 될 것은 하나도 없었다.

아콘의 얼굴도 붉어졌다. 루투소 백작이 보고 있지만 더 이
상 모욕적인 언사를 하게 할 수는 없었다.

"경은 말이 좀 심한 것 같소."

"허, 내가 말이오?"

기사가 어깨를 으쓱거렸다. 자신의 어떤 면이 잘못되었는지
전혀 모르는 눈치였다.

"그만하시는 것이 좋을 듯하오."

"허허 참, 무슨 소린지 모르겠구려."

기사는 고개를 돌려 곤과 안드리안을 보며 말을 이었다.

"용병들은 돈에 환장을 한다지. 이것을 줄 테니 어디 우리
앞에서 재주를 부려보거라."

중년 기사가 금화 하나를 던졌다. 금화를 바닥을 굴러 그들
의 앞에서 정확히 멈췄다.

"이야, 케로스 단장님, 역시 대단하십니다. 마나의 적절한

조절. 저희는 죽었다 깨어나도 쫓아가지 못할 실력입니다."

중년의 기사.

그의 이름은 케로스였다. 그가 마나를 불어 넣어 동전의 움직임을 제어하자 옆에 서 있던 젊은 기사들이 침이 튀어라 칭찬을 했다.

"너희도 내 나이가 되면 다들 할 수 있을 것이다. 꾸준하게 수련을 하도록 하여라."

우쭐거리는 말투.

"알겠습니다. 케로스 단장님."

그것을 당연하게 받아들이는 단원들.

곤이 바닥에 있던 금화를 주웠다. 그는 케로스 단장을 보며 물었다.

"무슨 재주를 보여드리리까."

"네가 가진 실력을 보여봐라. 아니다. 전력으로 나에게 덤벼보거라. 스치기만 하더라도 금화 다섯 개를 더 주겠다. 백작 각하. 여흥으로 어떠십니까?"

케로스는 루투소 백작에게 양해를 구했다. 그는 재미난 것을 발견한 것처럼 밝게 웃으며 허락을 해주었다.

"어쩌려고?"

안드리안이 불안한 눈빛으로 곤의 팔을 잡았다. 여기서 사고를 치면 안 된다는 의미였다.

"재주를 보여달라고 해서 보여주려고요."

"다치게 하면 안 돼."

"걱정하지 마세요. 그 정도는 알고 있으니까."

곤이 앞으로 나섰다. 케로스 단장은 팔짱을 낀 채 거만한 자세로 곤을 바라봤다.

"나는 이 자리에서 움직이지 않겠네. 물론 팔도 쓰지 않아. 자네는 능력껏 나를 쳐 보게. 물론 무기를 써도 되네. 마음껏, 마음껏 자네의 실력을 보여주게. 혹시 아는가. 자네의 실력이 예상보다 뛰어나 정규군으로 채용이 될지."

"어이쿠, 그렇게 되면 가문의 영광이겠군요."

기사들이 웃었다.

놀라운 것은 저들이 비웃지 않고 있다는 것이다. 정말로 그렇게 생각하고 있다는 것이 곤과 안드리안의 기를 차게 만들었다.

곤은 두 자루의 손도끼를 빼냈다. 그가 무엇을 할 것인가 모두가 흥미롭게 지켜봤다.

곤에게 큰 움직임은 없었다.

양 팔목을 슬쩍 움직였을 뿐이다.

쐐애애애액!

엄청난 파공음이 그랜드 홀 안에 울렸다. 깜짝 놀란 귀족들이 움직임을 멈췄다.

케로스 단장의 옆머리가 잘렸다. 풍압에 휘날린다.

빠아아악!

손도끼는 케로스 단장의 뒤편에 있던 두 개의 석상을 부순 후 대리석으로 된 벽까지 날아가 박혔다.

가공할 파괴력이었다.

이걸 사람이 맞는다면? 아무리 방어력이 좋은 플레이트 메일을 입고 있다고 하더라도 살아남지 못한다.

'이, 이게 뭐지? 뭐가 어떻게 된 거지?

케로스 단장은 꼼짝도 하지 못했다. 자신도 모르게 등줄기에서 식은땀이 흘러내렸다.

곤은 주먹에 마력을 넣었다. 마력과 부두술을 동시에 쓸 생각이다.

"바람의 술법이여, 허공을 가르라!"

케로스 단장과 곤과는 상당한 거리가 있었다. 위력을 낮춘 바람의 술로는 그에게 상처를 입힐 수 없을 것이라 여겼다.

곤은 연달아 주먹을 내질렀다. 그가 주먹을 내지르는 방향을 따라 바람의 술이 연속으로 뻗어나갔다.

풍압으로 인해서 케로스 단장의 얼굴이 심하게 일그러졌다.

"캬아악!"

소공녀들의 치마가 바람으로 인해서 말려 올라갔다. 바람의 세기가 더욱 강해졌다. 기사들은 눈을 뜰 수도 없는 지경이었다.

놀란 루투소 백작은 기둥을 잡은 채 입만 벌렸다.

그 풍압 중심에 있는 케로스 단장은 비명도 지르지 못했다. 그가 할 수 있는 일은 마나를 일으켜 최대한 버티는 것밖에 없었다.

곤의 주먹이 멈췄다.

언제 그랬냐는 듯이 세차게 몰아치던 바람이 사라졌다. 그랜드 홀 안에는 정적만이 감돌았다.

모두가 악몽을 꾼 듯한 표정으로 곤을 바라봤다. 지금의 사태를 일으킨 자가 누군지 모를 수가 없었다.

"이게 제 재주입니다. 제 실력으로는 단장님을 건드리지도 못하겠군요."

"……."

케로스 단장은 아무런 말도 하지 못했다. 손가락 하나 까닥할 수가 없어 입술만 부들부들 떨 뿐이었다.

"그럼 이만 나가보도록 하겠습니다."

곤의 낮은 음성만 그랜드 홀 안에 울렸다. 그는 루투소 백작과 케로스 단장 그리고 귀족들을 향해 고개를 숙이고는 밖으로 나왔다.

안드리안도 그들에게 넙죽 인사를 하고는 곤의 뒤를 쫓았다.

누구도 그들을 잡을 수가 없었다.

안드리안의 표정은 어느 때보다 밝았다. 성에서 조금 벗어나자 그녀가 곤의 팔짱을 끼며 말했다.

"진짜 대단하다. 이런 식으로 저놈들을 엿 먹일지 상상도 하지 못했어. 기사들의 얼굴을 봤어? 완전히 똥 먹은 표정들이더라고."

"그냥 기분이 나빴을 뿐입니다."

"알지, 알아. 우리 부단장께서 기분이 나쁘면 어떤 일이 생긴다는 것도. 하여튼, 정말 기분이 좋다. 자, 어서 가자. 씽을 살려내자."

"그래야죠."

곤은 부드럽게 웃으며 고개를 끄덕였다.

그들은 걸음을 빨리하여 영주의 성에서 벗어나려고 했다. 이깟 도시에서는 한순간도 머물고 싶지 않았다.

하지만 그들의 예상과는 다른 일이 벌어졌다.

정면에서 엄청난 살기가 뻗어 나오고 있었던 것이다. 이제껏 이런 살기를 받아본 적이 없었다.

그것은 안드리안도 마찬가지였다. 둘의 다리가 뻣뻣하게 굳었다. 도대체 어떤 인물이기에 이런 살기를 내뿜는다는 말인가.

"이건 도대체."

안드리안이 입술을 뒤틀었다. 뭔지 모를 극도로 기분이 나쁜 살기였다.

검은 그림자가 빠르게 다가왔다. 곤과 안드리안은 시력을 높여 다가오는 그림자를 바라봤다.

우오오오오.

곧이어 그림자의 모습이 드러났다.

"저, 저게 뭐야?"

안드리안은 소스라치게 놀랐다. 정면에서 수많은 시체들이 달려오고 있는 것이 아닌가.

사람들은 시체가 움직인다고 생각하면 으레 좀비를 생각한다. 좀비는 빛에 약하고 움직임이 느리다. 하지만 저들은 아니었다.

저들은 인간이었을 때와 별반 다르지 않는 속도를 보였다. 상당한 빠르기로 다가온다.

시체들의 숫자가 하나둘이 아니었다. 아무리 적게 잡아도 족히 수백 이상은 되어 보였다.

성을 지키던 병사들이 시체들의 파도에 휩쓸렸다. 놈들은 병사들을 순식간에 분해해서 먹어치웠다. 병사들은 제대로 된 싸움도 벌이지 못했다.

"곤, 저게 뭔지 알아? 좀비야?"

"글쎄요. 일단은 좀비는 아닌 것으로 보입니다."

"그럼?"

"살아 있는 망령. 누군가 저들을 지옥에서 끄집어냈습니다."

"그럼 어떡해?"

"이곳은 위험합니다. 일단 이곳을 벗어나 뮬란이 있는 곳으로 가야 합니다."

"설마 다른 곳도 저것들이 날뛰는 것은 아니겠지?"

"모릅니다. 영주를 노린 것일 수도 있고 도시를 노린 것일 수도 있습니다. 그게 무엇이든 오늘 밤… 무척이나 길어질 것 같군요."

"젠장, 끝까지 쉽게 놔두지를 않는구만. 뭐해, 그럼 뜸 들이지 말고 가자고."

안드리안이 뒤도 돌아보지 않고 뛰기 시작했다. 곤도 마찬가지였다. 그들은 잠시 뒤를 돌아봤다. 수백 마리가 넘는 망령들이 성안으로 들이닥쳤다.

"으아아아아악!"

"이, 이건 뭐야! 사람 살려!"

그랜드 홀에서 비명이 터지는 데는 긴 시간이 걸리지 않았다.

*   *   *

뮬란은 눈앞의 광경을 믿을 수가 없었다. 지금 자신의 눈이 착각을 일으켰는지 판단이 서지 않을 정도였다. 그의 눈앞에는 지금 수백 마리, 아니, 수천 마리나 되는 망령들이 인간들을 습격하고 있었다.

제국군이 물러났다고 생각한 시민들은 예전과 같은 평화를 되찾았다. 홍등가와 술집들이 문을 열었고 사람들은 그동안 참았던 욕구를 분출했다.

너무 마음을 놓았기 때문일까.

인간의 육신을 찾아 헤매는 망령들을 보며 사람들은 멍하니 쳐다볼 뿐이었다.

카아아아악!

망령들의 괴성이 그들을 노렸다.

도시의 사람들은 모두 망령들에게 먹히고 있었다. 아빠도,

엄마도, 노인들도, 아이들도…… 그제야 사람들은 자신들이 죽음의 위기에 처했다는 것을 깨달았다.

"으아아아악! 도, 도망가야 돼."

"사람 살려!"

여관 1층에서 술을 마시던 사람들이 갑작스럽게 들이닥친 망령들에게 습격을 당했다. 순식간에 반수 이상이 놈들의 먹이가 되었다.

나머지 손님들도 도망치느라 바빴다. 여관주인도 기겁을 해서 2층으로 도망치다 놈들에게 잡혀서 팔다리가 산 채로 뽑혔다.

"이, 이게 도대체."

순식간에 펼쳐진 지옥을 바라보던 뮬란은 방으로 들어가 검을 가지고 나왔다. 한 손밖에 없어 검을 빼는 것도 쉽지 않았다.

챙—

검신이 몽롱한 빛을 냈다.

평상시에 쓰던 그의 검은 부러졌다. 이것은 가문에 대대로 전해져 내려오는 검이었다.

검에는 익스플로전 마법이 걸려 있었다. 그 유명한 마법검이었다.

칼의 이름도 그것에 걸맞게 폭격이었다. 워낙 귀한 검이기에 이제까지 아껴두고 쓰지 않았다. 그러나 지금은 찬밥 더운 밥을 가릴 때가 아니었다.

곧 곤과 안드리안이 돌아올 것이다.

인정하고 싶지 않지만 그들의 무력은 이미 자신을 훌쩍 넘어섰다. 그런 그들이 망령들 따위에게 당할 것이라 여기지 않았다.

그들이 돌아올 때까지만 버티면 된다.

뮬란은 검을 이리저리 휘둘러 봤다. 양손검을 한 손으로 쓰려니 균형이 맞지 않는다. 예전처럼 검술을 쓰기는 어려울 것이다. 그래도 해보는 데까지는 해봐야 하지 않겠는가.

쿠아아아아!

뮬란을 발견한 망령들이 2층으로 올라왔다. 그는 검을 잡고 주문을 외우며 휘둘렀다.

"익스플로전!"

검 끝에서 강력한 힘을 가진 흰빛이 튀어나가 망령들을 때렸다. 흰빛은 폭발과 함께 망령들이 올라오던 2층 계단을 한꺼번에 불태웠다.

콰콰쾅!

최소 3서클 이상의 마법이었다. 폭발한 폭염 마법은 하늘로 솟구쳐 천장을 부숴 버렸다.

문제는…….

익스플로전의 강력한 폭발로 인해 여관에 불이 붙기 시작한 것이다.

이 상태로 있으면 몇 분 안에 여관은 불길에 휩싸인다. 아무런 보호 장치가 없는 썽이 위험했다.

'도망을 쳐야 하나?'

잠시 그런 생각이 들었다. 곧바로 뮬란은 고개를 흔들었다. 그런 마음이 든 자신이 너무도 한심했다. 그는 명예로운 기사가 아니던가.

뮬란은 검을 고쳐 잡았다. 목숨을 버리는 한이 있더라도 쎙이라는 사내를 끝까지 지킬 생각이었다.

"명예를 숭고하게 여기거라. 강자에게는 고개를 숙여도 된다. 하지만 비겁하지 마라. 우리 가문이 살아남을 수 있는 길이다."

아버지의 마지막 말.

"그래, 누구든지 덤벼라! 상대가 누구든 나는 절대로 도망가지 않는다!"

뮬란은 문과 창문을 부수고 미친 듯이 여관 안으로 들어오는 망령들을 향해서 소리쳤다.

아버지는 세 번까지 익스플로전을 사용할 수 있다고 하였다.

두 번 남았다.

끼아아악!

망령들에게 계단은 필요 없었다. 그것들은 벽면을 자신의 뼈로 찍어서 2층으로 기어올랐다. 뼈가 부러지는 아픔도 느끼지 못한다.

화르르—

불길은 더욱 거세졌다.

그는 씽이 누워 있는 방으로 갔다. 가슴에 침이 박혀 있어 등으로 업을 수도 없었다. 그렇다고 그를 이렇게 놔둘 수는 없었다.

이제는 시간과의 싸움이다.

곤과 안드리안이 짧은 시간 안에 돌아오지 않으면 이자는 죽는다.

"자네의 생명은 주신께서 돌봐주실 것이네. 하니 부디 살아남게나."

뮬란은 씽의 심장에 꽂힌 침을 뽑았다.

"크아아아아아악!"

동시에 발작이 시작됐다. 씽의 입에서 검은 마력이 흘러나왔다. 팔과 다리가 뒤틀렸다.

뮬란은 씽을 억지로 등에 업으려고 했다. 발작은 심해 업기가 쉽지 않았다. 또한 한 팔이 없어 그를 고정시키기도 어려웠다.

뮬란은 방 안을 훑어봤다. 다행히도 마차를 고정시키기 위한 끈이 보였다. 상당한 양이었다. 그것을 적당한 크기로 잘라 씽과 자신을 한 몸으로 묶었다.

끼에에엑!

망령들이 그가 있는 방 안으로 뛰어들었다. 뮬란은 검에 마나를 불어넣어 휘둘렀다. 검기가 날아가 그들의 목을 벴다. 망령은 목이 날아간 상태에서 상체와 머리가 따로 놀았다.

쿠에에에엑.

망령들이 계속해 몰려왔다.

뮬란은 창문에서 멀찌감치 떨어졌다. 바로 코앞에서 망령들이 다가오고 있었다. 그는 창문을 향해서 뛰었다.

꽈직!

그는 창문을 뚫고 흙바닥에 떨어졌다. 씽이 계속 비명을 질렀지만 다독거릴 상황이 아니었다. 만월이 뜬 밖에는 여관 안보다 더욱 심각한 상황이 벌어지고 있었다.

지옥이 강림했다.

망령과 맞서 싸우는 사람은 없었다. 제국군과의 전투에서 압승을 거둬 상당한 숫자의 병사들이 남아 있을 테지만 그들이 어디로 갔는지 보이지 않았다.

보이는 것은 망령들이 도망치는 시민들을 잡고 대량으로 살상하는 것. 그것도 목줄기를 뜯어 피를 마시고 육신을 먹어치운다.

역겹다.

끼에에에엑!

눈앞에 수십 마리의 망령들이 그를 향해서 달려왔다. 상식을 벗어난 빠른 속도였다. 씽을 업은 채로 저것들을 모두 상대할 수는 없었다.

그는 다시 한 번 검을 휘두르며 외쳤다.

"익스플로전!"

여관 안에서보다 더욱 강력한 폭풍이 휘몰아쳤다. 폭풍은 뮬란을 향해 덤벼오던 망령들을 한꺼번에 휩쓸었다. 그것들은 괴성을 지르며 괴로워했다.

뮬란은 불길을 뛰어넘었다. 그리고 창고 안으로 들어가 문을 닫았다.

"후욱, 후욱."

그는 거친 숨을 몰아쉬었다. 한 팔을 잃을 상태에서, 그것도 한 명을 업은 상태에서 싸우는 것은 생각보다 훨씬 힘든 일이었다.

"흑흑흑흑."

뮬란의 뒤쪽에서 작은 울음소리가 들렸다. 놀란 그는 급히 등을 돌리며 뒤쪽을 바라봤다.

"이런……."

창고 안에는 십여 명의 어린아이들이 숨어 있었다. 아이들은 두려움에 가득 찬 눈으로 그를 바라봤다.

아이들이 얼마나 오랜 시간 동안 두려움에 떨고 있었을까. 안타깝지만 그에게는 지켜줄 힘이 없었다.

"뭐하고 있어? 이대로 죽을 셈이냐? 남자아이들은 모두 일어서. 너희들도 남자라면 여자아이들을 지켜야 하지 않나!"

뮬란이 소리쳤다. 아이들은 겁을 먹어서인지 움직이지 않았다.

그는 '하렘의 심장'이 있는 마차 위에 씽을 눕히고 창고 문 앞에 나무들을 쌓았다. 몇몇 남자아이들이 일어나 뮬란을 도왔다.

"몇 살이냐?"

뮬란은 가장 커 보이는 아이를 향해 물었다.

"열한 살이요."

아이는 순순히 대답했다.

"다 컸구나. 부모님은 어디에 있느냐?"

"죽었어요."

"형제들은?"

"여기에."

"네가 가장 큰형이냐?"

"네."

"그럼 동생들을 지켜야 한다는 것을 알고 있겠구나."

"알고 있어요."

뮬란의 말에 용기를 얻었기 때문일까.

아이는 단검을 손에 쥐고 맹렬한 눈빛을 보였다. 괜찮은 아이다. 이 아이가 여기서 죽는다면 할 수 없지만 힘이 닿는다면 살게 해주고 싶었다.

"문을 막아라."

"들었지? 문을 막아!"

덩치 큰 아이는 소리쳤다.

뮬란의 말에 아이들도 달라붙어 창고 문 앞에 물건들을 놓았다. 그는 창고 앞에 놓인 물건들을 쌓았다. 작은 고사리 같은 손들이지만 여럿이 도우니 금방 물건들이 쌓였다.

크아아아아!

망령들이 다가온다.

뮬란은 아이들을 뒤로 물린 다음 입술에 손가락을 가져다 대며 조용히 하라고 시켰다.

크아아아아아앙!

소리가 점점 커진다. 놈들이 다가온다.

뮬란을 비롯한 아이들은 숨소리조차 제대로 내지 못했다. 모두가 손으로 입을 막았다.

쾅쾅쾅쾅쾅!

끼에에에엑!

어떻게 알았는지 망령들은 창고 문을 두드렸다. 점점 문을 두드리는 강도가 세졌다. 문짝을 뜯기 위한 소리가 덜그럭거렸다.

아이들은 공포에 질려 구석에서 덜덜 떨었다.

뮬란의 짐이 더욱 무거워졌다. 어린 동생들과 더 어린 아들이 머릿속에서 떠올랐다. 뒤에서 떨고 있는 아이들과 아들은 비슷한 또래였다. 자식을 위해서도 못난 꼴을 보일 수가 없었다.

"여보, 헤즐러, 보고 싶구려."

여기서 살아 나갈 가능성이 거의 없다는 것을 안다. 그렇다고 이대로 포기할 수는 없었다.

쫘지지직—

문짝이 뜯겼다. 놈들이 쌓은 물건들을 넘어서 창고 안으로 넘어왔다. 물건들이 와르르 무너졌다.

망령들의 얼굴이 확연하게 보였다. 제대로 된 인간의 형상을 하고 있지 않았다.

　시체로 썩다 만 추악한 놈들이었다. 놈들의 얼굴을 본 아이들은 기겁을 하다 못해 공포에 휘말려 비명을 질렀다.

　뮬란은 그들을 향해 검을 휘둘렀다.

　망령들은 제법 빠르지만 뇌가 작동하지 않기에 반사 신경은 형편없었다. 세 마리의 망령이 머리가 잘려 쓰러졌다. 놈들은 머리가 없는 상태에서 움직였다.

　팔을 잘라도, 몸통을 박살 내도 놈들은 움직인다. 다리를 자르면 팔꿈치로 땅을 찍어 꿈틀거렸다. 물에서 건져 올린 물고기처럼 머리만 따로 팔딱거렸다.

　뮬란은 연속으로 검을 휘두르며 다가오는 망자들을 쓰러뜨렸다.

　하나 창고 안으로 밀려드는 망자들의 숫자가 너무 많았다. 그로서는 감당을 하기 힘든 숫자였다. 죽음에 대한 공포가 없는 그들은 창고 안을 빽빽이 메웠다.

　"크흑."

　망자에게 왼쪽 어깨를 물렸다.

　뮬란은 망자의 허리를 잘라냈다. 보통 인간이었다면 즉사하여 떨어져 나갔을 텐데 이들은 그러지 않았다. 오히려 더욱 깊숙이 이빨이 파고들었다.

　한 손밖에 없어 놈의 머리를 떼어내지 못했다.

　"이것을 떼줘."

뮬란은 사내아이들에게 소리쳤다. 간이 큰 몇몇 아이들이 달려와 그의 어깨에서 망자를 떼어냈다.

"버려!"

아이들은 손을 덜덜 떨며 망자의 머리를 바닥에 던졌다.

뮬란은 바닥에서 이빨을 딱딱이고 있는 망자의 머리통을 밟아서 부숴 버렸다.

"익스플로전!"

충전된 마지막 마법이 사용되었다. 마법은 창고 한쪽 부분을 쪼개면서 폭발했다. 거대한 불기둥이 치솟아 올라 수십 마리의 망령들을 한꺼번에 쓸어버렸다.

그들의 괴기한 비명이 사방으로 울렸다. 무의식적인 두려움을 느낀 망자들이 머뭇거리며 불길 안으로 뛰어들지 못했다.

하지만 잠시뿐인 시간 벌기였다. 아주 찰나의 시간뿐인……

불길이 줄어들자 다시금 망령들이 몰려들었다.

"와라! 개자식들아!"

뮬란은 그들을 맞아 잘 싸웠다. 눈앞에 수십 마리가 넘는 망령들의 사체가 쌓였다.

하지만 그런 뮬란도 지쳤다. 한 팔로 휘두를 수 있는 힘은 한계가 있었다. 산소가 부족한 그의 팔이 보라색으로 변해갔다.

팔이 시퍼렇게 부어오른다. 그가 지친 것을 본능적으로 눈치챈 망령들이 뮬란의 사지를 물어뜯었다. 살점이 마구 떨어졌다. 살점과 함께 근육이 찢겼다.

탱그랑—

가문의 보검을 놓쳤다. 검을 잡고 있던 오른손마저 망령에게 먹혀서 잃었다.

새끼손가락 하나까지, 모조리.

뮬란은 쓰러지고 말았다. 그의 입에서 검은색 피가 솟구쳤다.

젠장, 젠장.

눈앞이 흐릿해졌다. 마음은 당장이라도 일어나고 싶은데 도저히 몸이 말을 듣지 않았다. 정신을 차리려고 해도 소용이 없었다.

그의 육체는 더 이상 움직일 수 있는 수준이 아니었다.

아버지, 어머니, 여보, 아들아. 미안해.

사랑.

진심으로 사랑합니다.

뮬란이 마지막을 준비하고 있을 때였다.

퍼퍼퍼퍼펑!

폭발이 일어났다.

창고의 문이 박살 나며 망령들이 날아갔다.

"뮬란 님!"

대검을 든 안드리안과 곤이 창고 안으로 뛰어들고 있었다.

"이 개자식들이!"

그들은 뮬란을 물어뜯어 목으로 넘기고 있던 망령들을 단숨에 처리했다.

"허억, 허억."

뮬란의 숨소리가 거칠었다. 이미 육신의 반을 잃어버린 상태였다.

"이런, 상처가 너무 심해."

안드리안이 다가와 뮬란의 뒷목을 받쳤다. 곤은 뮬란에게서 뿜어져 나오는 피를 손바닥으로 감쌌지만 막을 수가 없었다. 손가락 사이로 펌프질을 하는 것처럼 대량의 피가 튀어나왔다.

죽음을 막을 수가 없었다.

그것을 느낀 곤과 안드리안의 눈가가 촉촉해졌다.

위대한 성직자가 코앞에 있다고 하더라도 뮬란을 살리지 못할 듯하다.

그들을 보며 뮬란은 씨익 하고 웃었다. 같이 지낸 지 얼마 되지 않지만 꽤나 정이 들었다. 신분의 차이만 없었더라면 마음을 터놓고 이들과 어울리고 싶었다.

가끔, 아주 가끔 뮬란은 용병들의 자유로움을 부러워한 적이 있었다. 가문을 일으켜야 한다는 막중한 책임에서 벗어나 모험을 즐기고 싶었다.

넓은 곳에서.

그들처럼……

이들이라면… 이들이라면 자신의 마지막 소원을 들어주지 않을까.

"쿨럭쿨럭, 하, 하렘이 심장은… 그대들이… 마음대로 처리하시오."

뮬란은 심하게 기침을 했다. 기침 속에서 잘린 내장의 조각들이 튀어나왔다. 목숨이 경각에 달렸다.

곤과 안드리안은 그의 말을 끊지 않았다. 지금 그가 하는 말이 유언이었다.

"떨어져… 있는 검을… 아들에게 전해주시오. 아슬란 왕국… 켈리온 남작 가문에서… 헤즐러라는 아이를 찾으면 되⋯⋯."

그는 헐떡이던 숨을 멈췄다. 더 이상 심장이 뛰지 않았다.

"불쌍한 사람⋯⋯."

안드리안이 말했다.

몰락한 가문을 위해서 살던 두 부자는 이번 의뢰를 마치지 못하고 모두 죽었다. 그녀는 부릅뜬 뮬란의 눈을 감겨주었다.

끼에에에에엑!

망령들이 다시 몰려오는 소리가 들렸다. 이제는 시간이 없었다.

뮬란을 묻어주는 것은 살아남은 후의 문제였다. 곤과 안드리안이 벌떡 일어나 뮬란의 검을 챙겼다.

그런 후 마차에 올라가 씽을 바닥으로 내렸다. 씽의 상태는 무척이나 안 좋았다. 그의 숨소리도 조금씩 약해졌다. 심장이 빠르게 녹아내리고 있다는 증거였다.

안드리안은 마차를 둘러싸고 있던 검은 철상자의 틈새에 대검을 끼어 넣어 강제로 벌렸다.

끼이이이익—

검은 강철이 좌우로 벌어졌다. 틈새가 벌어지자 황금으로 공예가 된 작은 상자가 나타났다. 황금으로 세공된 상자 겉에는 봉인을 위한 룬어가 가득 적혀 있었다.

"이럴 수가—!"

안드리안의 입에서 탄성이 터졌다. 황금 상자를 열지도 않았건만, 봉인의 룬어가 적혀 있건만 엄청난 마나가 흘러나왔다. 가만히 있어도 몸의 피로가 사라졌다. 황금 상자에서 흘러나오는 마나는 무척이나 순수했다.

순수하다는 표현보다는 순결하다는 말이 옳을 것이다.

순결한 마나는 안드리안의 몸속으로 저절로 흡수가 되었다. 사용했던 마나가 빠르게 회복이 되었다.

왜 수많은 지배자가 이것을 그토록 바랐는지 알 것만 같았다.

돈으로는 가치를 매길 수가 없었다. 약한 자는 이것을 가질 수 있는 자격도 없었다.

오로지 강자만을 위한 전설의 아이템이었다.

"시작해 볼까."

안드리안은 눈을 감았다. 달빛이 그녀의 몸을 감쌌다. 달빛을 받은 그녀의 몸에서 강대한 힘이 발산이 되며 삼안이 번쩍 떠졌다.

"호호호호, 오랜만에 세상에 나오는군."

안드리안의 음성이 뾰족하게 변했다. 기질도 변했다. 모든 것이 변한 듯한 그녀는 위험한 느낌을 풍겼다.

"그나저나 이걸 공짜로 해야 돼? 안드리안 이년, 괜한 짓을 하는 군. 그냥 이걸 내가 먹어버려도 될 것을."

잠시 구시렁거리던 그녀는 황금 상자를 열었다. 황금 상자 안에서 거대한 빛이 뻗어 나와 사방을 밝혔다.

지금까지와는 비교도 안 되는 마나가 창고 안에 가득히 넘실거렸다.

마나의 폭풍이었다.

"참나, 씽이라고 했나? 이걸 혼자서 냉큼 잡수시게 되면 얼마나 강해지게 되는 거야? 완전 괴물이 되겠는걸? 이 빛은 나중에 이자까지 톡톡히 받아내야 돼, 안드리안. 반드시 원수를 죽이고 고향으로 가는 방법을······."

삼안의 그녀는 황금 상자 안에서 강대한 마나를 내뿜고 있는 하렘의 심장을 쥐었다.

동시에 다른 한 손으로는 씽의 심장을 쥐었다. 신기하게도 그녀의 손은 살과 뼈를 거스르지 않고 심장까지 쑥 들어갔다.

의식은 이제 시작이었다.

그녀와 씽을 지켜보던 곤은 창고 밖으로 나갔다. 밤은 길었다. 망령들은 끝없이 생명을 탐할 것이다. 이 도시가 불타서 사라질 때까지.

곤은 대규모 살상을 벌이고 있는 망령들을 노려보았다.

곤의 전쟁이 시작된다.

Chapter 5. 곤의 전쟁

끼에에에엑!

끝도 보이지 않는 망령들의 행렬.

사방에서 몰아치는 사람들의 비명 소리. 암울한 암흑의 힘
이 부서진 달을 향해서 솟구치고 있었다.

지옥의 한복판에 서 있는 듯했다.

망령의 숫자가 너무 많아 일일이 상대를 할 수가 없었다. 망
령들을 상대하기 위해서는 특단의 조치가 필요했다.

곤은 품에서 부적 한 장을 꺼냈다.

이곳에 도착해서 틈틈이 만든 부적이었다. 상당히 고위 술
법이라 만드는 데도 긴 시간이 필요했다. 간신히 만든 것이 이
것 한 장.

3단계의 재앙술.

원한을 가지고 죽은 자들의 부활이다. 원한을 가지고 죽은 자들은 때와 장소에 따라 스스로 악령이 되기도 한다. 악령이 된 자들은 좁게는 친족부터 넓게는 한 마을을 초토화시킨다. 그런 자들을 인위적으로 불러내려고 하는 것이다.

"나타나라, 죽은 자의 심장을 움켜쥔 검은 손길이여!"

곤은 부적을 허공에 던지며 부적에 적힌 술법을 실현시켰다.

부적이 화르르 타오르며 재가 되어 흩어졌다. 검은 재는 바람에 흩날려 피로 흥건한 시체들의 등으로 떨어졌다.

잠시 후, 시체들이 움찔거렸다. 손바닥이 바닥에 닿아 몸을 일으켰다.

한 명씩, 한 명씩.

크르르르.

조금 전까지는 살아 있는 인간들이었지만 지금은 아니었다. 뿌연 안광이 주위를 훑었다. 짐승들처럼 입에서 침이 길게 흘렀다.

그런 자들이 수십 명 이상.

아니, 족히 백 명은 되어 보였다. 하지만 망령들에 비해서 숫자가 월등히 적었다.

몸을 일으킨 망령들이 곤의 앞에 섰다. 이들은 샤를론즈가 일으켜 세운 망령들과는 다르게 일사분란하게 움직였다.

크르르르룽.

"먹어 치워라!"

곤의 명령이 떨어졌다. 명령을 받은 망령들은 상대를 향해서 일제히 달렸다.

망령들의 전투가 벌어졌다.

카아아아악!

두 죽음의 무리가 충돌했다.

놀라운 일이 벌어졌다. 곤이 일으킨 망령들이 압도적으로 강한 것이 아닌가.

더욱 짙고 붉은 안광을 흩뿌리는 곤의 망령들은 강력한 힘을 앞세워 상대를 짓이겼다.

곤이 일으킨 자들은 구울이다.

망령 따위보다 월등히 강한 힘과 파괴력을 지닌 구울 군단인 것이다.

순식간에 백 마리가 넘는 망령들이 파괴되었다. 거기서 멈추지 않고 구울 군단이 전진한다.

곤은 활에 화살을 먹인 후 망령들을 하나씩 저격했다. 움직임이 단순한 망령들의 머리가 박살이 난다. 쓰러진 망령들이 발버둥 치자 구울이 다가와 육신을 분쇄시켜 버렸다.

구울 군단 덕분에 망령들의 살인 행각이 잠시 멈췄다. 망령들을 피해 도망을 치던 시민들이 한숨을 돌릴 수가 있었다.

"동쪽 성문으로 가시오! 그곳이 안전할 것이오!"

우왕좌왕하는 시민들을 향해서 곤이 소리쳤다. 그의 말을 들은 시민들이 앞뒤 가리지 않고 동쪽 성문으로 뛰었다. 사람들이 사라지니 곤으로서는 마음껏 자신의 실력을 보일 수가 있었다.

그는 구울 군단을 전진시켰다.

크르르르륵!

구울 군단의 파괴력은 대단해서 망령들이 점차 뒤로 밀리는 행색이었다. 구울 한 마리가 망령 열 마리를 상대한다. 그럼에도 워낙 많은 숫자의 망령들로 인해 점차 한 마리씩 파괴되어 갔다.

제국군과 교전을 벌였던 서문이 곤의 시선에 들어왔다.

죽은 줄 알았던 병사들이 보였다.

아직 상당한 숫자의 병사들과 용병들이 악착같이 망령들과 교전을 벌였다. 최소 반수 이상은 살아남은 모양이었다.

그들은 둥글게 진을 형성하여 각각의 보이지 않는 사각지대를 보호했다. 무작정 공격만 할 줄 아는 망령들이기에 그들의 방어 형태는 꽤 효율적으로 먹혔다.

"망령들의 뒤를 공격하라!"

곤의 명령에 구울들이 달려가 병사들을 공격하고 있던 망령들의 등 뒤를 쳤다.

쿠에에엑!

등을 내준 망령들은 속절없이 쓰러졌다. 쓰러진 망령들은 생기를 흡수하지 못해 억울한지 소름 끼치는 비명을 질렀다.

가장 황당한 것은 병사들이었다. 설마 같은 망령들끼리 전투를 벌일 줄은 몰랐던 모양이었다. 그들이 보기에는 망령이

나 구울이나 별반 차이가 없었다.

망령들을 처리한 구울들이 용병들까지 구해냈다.

그들 역시 어안이 벙벙한 표정을 지었다. 뭐가 어찌 된 것인지 모르지만 살아남았다.

"이쪽으로 오시오."

곤이 소리쳤다.

병사들과 용병들이 움찔거렸다.

"비록 죽은 자들이지만 적이 아니오. 저들은 가족을 구하기 위해 다시 살아난 것이오."

"그, 그게 무슨?"

"말을 할 시간이 있소이까? 진정 이곳에서 죽고 싶은 겁니까?"

곤의 말에 병사들은 고개를 끄덕였다. 그와 실랑이를 할 시간 따위는 존재하지 않았다. 어쨌든 곤 덕분에 살아남은 것은 사실이지 않은가.

그들의 눈빛에서 살았다는 안도감과 곤에 대한 동경이 떠올랐다.

"감사합니다."

"덕분에 살았습니다."

곤을 지나치며 모두가 감사의 말을 건넸다.

"이곳은 제가 맡을 테니 도시로 흘러들어 간 망령들을 처리하세요. 피해가 더 커지기 전에."

"알았습니다."

그들은 자연스럽게 곤의 명령을 따랐다.

죽음이 감돌았던 소플린은 점차 정상을 되찾았다. 투입된 병사들로 인해 도시 내부의 망령들은 빠르게 소탕이 되었다. 아직까지 상당한 수의 망령들이 있었지만 모두 서쪽 성문에서 곤과 구울들에게 잡혀 있어 더 이상 도시 안쪽으로 진입하지 못했다.

하지만 초반에 망령들을 제대로 막지 못해 엄청난 사상자가 생겼을 것이라 예상한다.

동이 튼다.

끝나지 않을 것 같았던 긴 밤이 가고 햇살이 비치기 시작한 것이다.

끼이이익.

태양에 약한 망령과 구울이 하나둘씩 쓰러졌다. 악몽의 밤을 보낸 병사들과 시민들은 바닥에 털썩 주저앉아 버렸다.

모두가 지쳐서 입을 열 기운도 없었다.

"아빠, 아빠!"

"여보, 여보 어디 있어요?"

"어머님, 아버님!"

부모나 자식들을 잃은 시민들만이 애타게 가족을 찾았다.

하지만…….

아직 악몽은 끝나지 않았다.

두두두두두두—

땅에서 진동이 울렸다. 진동은 도시 전체로 퍼졌다. 몇몇이 바닥에 귀를 대고 어떤 진동인지 알아봤다. 그것은 말발굽 소리였다. 무주공산이 되어 있는 성문이 깨지며 붉은 장미 기사단과 기마병들이 나타난 것이다.

"제국군이다!"

시민들은 경악에 찬 목소리로 소리쳤다. 그들은 눈을 감아버렸다. 더 이상 제국군과 싸울 기력도 남아 있지 않았다. 간신히 살아남았다는 희망은 순식간에 절망으로 바뀌었다.

곤은 이를 악물었다.

상대는 일급 기사단. 성안에서 망령들에게 휩쓸린 사설 기사단과는 비교조차 되지 않는 강자들이었다.

저들을 혼자서 상대할 수 있을까?

어림도 없는 소리였다.

마지막 히든카드라 할 수 있는 재앙술 3식이 적힌 부적도 써버렸다.

곤은 어금니를 물었다.

씽을 살리기 위해 최대한 버틸 수 있는 데까지 버티는 수밖에 없었다.

곤은 활시위에 화살을 걸었다. 정확하게 조준을 한 후 손가락을 천천히 놓았다.

한 발—

선두에서 맹렬하게 달려오던 기사 한 명의 머리통이 박살났다. 머리가 사라진 기사는 고삐를 놓쳤고 말과 함께 흙바닥에 쓰러져 뒤엉켰다.

다시 한 발.

기마병의 목이 뚫리며 말에서 떨어졌다. 뒤에서 달려오던 기마들이 쓰러진 기마병의 육신을 짓밟아 뭉갰다.

곤은 계속해서 활시위에 활을 걸었다.

화살이 바닥이 날 때까지 계속 쏠 생각이다. 순식간에 열 명이 넘는 기사와 기마병이 말 위에서 떨어졌다. 모두가 날아오는 화살쯤은 막아낼 수 있을 것이라 여겼는지 피하지 않고 칼로 쳐 내다 당한 변이었다.

열 명이 넘는 기사와 기마병들이 말 위에서 떨어져 죽자 그제야 경각심을 가진 기사들이 좌우로 벌어졌다.

그 사이로 톨로스 단장이 앞으로 튀어나왔다.

"이놈!"

그는 곤을 대번에 알아보았다.

후퇴했을 당시 요새에서 온 전갈로 인해 죄수들이 탈출을 했다는 것을 알고 있었다. 한데, 여기서 곤을 만날 줄이야. 그의 상처가 깊어 어딘가에 숨어 있을 것이라 여겼는데 의외였다.

"당신에게는 빚이 있었지."

곤을 그를 향해서 화살을 쏘았다. 화살을 정확하게 톨로스 단장의 미간을 노렸다.

챙―

역시 단장이다.

그는 검을 휘둘러 어렵지 않게 화살을 반으로 갈랐다.

"그럼 이것도."

곤은 화살에 마력을 불어넣었다. 그럼으로써 화살은 보통의 화살과 다르게 몇 배나 되는 관통력을 가지게 되었다. 지금의 활솜씨라면 오거의 두꺼운 피부도 뚫을 수 있을 것이라 장담한다.

챙—

그러나 톨로스 단장은 이것도 막아냈다.

"좋아, 끝까지 가보지."

세 개의 화살에 마력까지 불어넣었다. 세 개의 화살은 약간의 시간차를 두고 톨로스 단장을 향해 날아갔다. 톨로스 단장의 검이 오러를 뿜어대며 사방으로 퍼졌다. 오러의 가드는 세 발의 화살을 막아냈다.

채채챙—

톨로스의 몸이 기우뚱거렸다. 쉽게 막아내지 못한 것이 분명했다.

"젠장."

하지만 화살이 모두 떨어졌다.

두두두두두—

서로의 거리가 빠르게 좁혀졌다.

곤은 손도끼를 들었다. 겨우 손도끼로 말을 탄 기사들을 상대하는 것은 어불성설이었다.

하지만 물러설 수는 없었다.

이것은 씽을 지키기 위한 곤의 싸움이었다.

"저희가 돕겠습니다."

병사들과 용병들이 나타났다. 그들도 제국군이 쳐들어왔다는 것을 알았다. 모두가 밤새 쉬지도 못하고 망령들과 싸웠다. 피로가 극한에 다다랐을 것이다.

그럼에도…….

단 한 명도 빠지지 않고 모두 모였다. 아콘을 비롯한 몇몇 기사도 성에서 빠져나와 합류했다.

"가시오. 도시는 뚫렸소."

곤은 고개를 흔들었다. 이들이 모였다고 해서 붉은 장미 기사단과 싸워서 이길 수 있는 확률은 크지 않았다.

"아닙니다. 이곳은 저희의 도시입니다. 저희가 지킵니다."

아칸을 비롯한 기사들이 목소리는 단호했다. 도시 토박이인 병사들도 마찬가지였다.

"으음."

"걱정하지 마십시오. 곤 님은 본인의 일에만 충실하시면 됩니다. 지금까지 분에 넘칠 정도로 저희에게 잘 해주셨습니다. 이제 도시는 저희가 지키겠습니다."

곤은 손도끼를 들고 달려오고 있는 적들을 바라봤다.

이제 머릿수로는 밀리지 않는다.

"거창!"

소믈린은 방어적인 도시다. 이제껏 제국에서 침략을 해왔지 소믈린에서 먼저 공격을 시도한 적이 없었다. 그렇기에 병사들은 방어적인 능력이 뛰어났다.

백 명의 병사들이 길이가 4m에 달하는 파이크(Pike)을 앞으로 내밀었다. 뾰족한 창끝이 빽빽하게 도로를 가로막았다.

"모조리 쓸어버려라!"

소블린의 병사들이 꼴사납게 대항하려고 한다. 그것을 본 톨로스 단장은 비릿하게 웃으며 소리쳤다.

콰콰콰쾅!

선두에 선 기마병과 소블린의 병사들이 충돌했다. 강력한 말들의 돌격력에 의해 창을 들고 있던 병사들이 종잇장처럼 구겨졌다.

그렇다고 기마병들도 멀쩡한 것은 아니었다. 가속도가 붙어 있던 상태에서 창은 말을 뚫고 들어가 타고 있던 기마병들까지 꿰뚫어 버렸다.

첫 돌격에 백 명 이상의 사상자가 생겨났다. 사방에서 병사들의 신음 소리와 쓰러진 말들이 울부짖는 소리가 들렸다.

그러나 아직 주력인 붉은 장미 기사단은 상처 하나 없었다.

"재앙술 1식, 폭풍의 술!"

곤의 손바닥에서 연속으로 회오리바람이 생겨났다. 손바닥에서 회전하던 회오리바람이 앞으로 튀어나갔다. 그러더니 점점 크기가 커졌다. 최대의 마력을 쏟아 부은 상태라 회오리바람의 크기는 평상시보다 훨씬 컸다.

콰콰콰콰콰—

주변에 쓰러져 있던 말과 시체들까지도 끌어 올릴 정도의 위력이었다.

회오리바람은 제국군 중심에서 회전했다. 십여 구의 기마가 회오리바람에 쓸려 튕겼다가 바닥에 떨어졌다. 말에 깔린 기마병들은 내장이 터져 죽었다.

곤이 술법을 쓰는 덕분에 병사들은 숨통을 돌릴 수가 있었다. 창병을 잃은 상태에서 보병들이 기마병을 상대할 수는 없었다.

뻔한 학살극이 벌어지고 말 테니까.

술법을 피하기 위해 이리저리 날뛰는 기마병들을 찾아 보병들이 말의 다리를 잘랐다. 다리를 잃은 기마가 쓰러졌고 기마병은 칼에 찔렸다.

제국군은 각개격파를 당했다.

그럼에도 병사들과 용병들은 조금씩 뒤로 밀렸다. 본래 가지고 있는 전투력에서 너무 차이가 났다.

두두두두두

"제기랄. 진짜가 온다."

병사들을 독려하고 있던 아콘이 어금니를 물었다. 본격적으로 붉은 장미 기사단이 돌입을 하고 있었다. 그는 동료들을 불러놓아 그들을 막으려고 했다.

그런데 붉은 장미 기사단은 병사들을 그냥 지나치는 것이 아닌가? 아콘은 의아해했다.

"아차!"

하지만 그들이 어디로 가는지 곤은 알고 있었다. '하렘의 심장'을 얻기 위해 여관으로 향하는 것이다. 곤이 몸을 돌려 그들을 쫓으려고 할 때였다.

퍼퍼퍼펑!

그가 있던 자리에서 커다란 불기둥이 솟구쳤다. 재빨리 몸을 굴리지 않았다면 곤은 통구이가 되고 말았을 것이다.

"네놈은 내가 상대하지."

오브를 든 십여 명의 여인들. 전원이 검은 마스크를 쓰고 있었다.

샤를론즈와 그녀의 친위대 다크 소서러 스피릿이었다. 여인들 전원에게서 믿을 수 없을 정도의 강대한 힘이 느껴졌다. 그들은 오직 곤만을 응시했다.

피부가 뜯겨 나갈 것 같은 살기였다.

꼼짝없이 잡혔다.

"안드리안, 제발 씽을 살려줘."

이제는 안드리안을 절대적으로 믿을 수밖에 없었다.

*　　　*　　　*

톨로스와 붉은 장미 기사단은 '하렘의 심장'이 있는 곳을 향해 빠르게 질주했다. 성내에 잠입해 있던 첩자는 붉은 장미 기사단이 알아볼 수 있게끔 곳곳에 표식을 해두었다. 기사단은 표시를 쫓아가기면 하면 된다.

첩자들의 말로는 '하렘의 심장'을 지키던 기사와 용병들도 모조리 사라진 상태라고 하였다. 있어야 겨우 몇 명. 그들로는 붉은 장미 기사단을 막을 수가 없었다.

간판까지 모조리 불에 탄 여관이 보였다. 그 옆으로 불이 옮겨 붙지 않은 창고에서 표시가 끝나 있었다. 창고 앞에는 망령들의 잔해가 산더미처럼 쌓였다.

누가 하렘의 심장을 지켰는지 모르지만 상당한 사투를 벌인 듯했다.

"워워."

톨로스는 창고 앞에서 말을 세운 후 내렸다. 기사들도 마찬가지였다. 검을 뽑고는 창고에 다가갔다. 언제라도 오러를 발출할 수 있게끔 기사들은 만반의 준비를 펼쳤다.

"엄청난 기운이 느껴집니다."

부관이 조심스럽게 말했다.

톨로스 단장은 고개를 끄덕였다.

창고 밖에서 느껴지는 확연한 기운. 마나의 파동이 분명했다. 기운은 이내 실체화가 되어 창고 주변을 넘실거렸다. 기사들의 눈에는 거대한 파도가 치고 있는 것처럼 보였다.

이토록 거대한 마나의 파동을 본 적이 있던가. 톨로스 단장의 기억으로는 없었다. 더군다나 잡스러운 기운이 조금도 들어가지 않은 순수한 마나의 파동이었다.

이런 마나는 존재할 수 없었다.

있다면 오직 전설의 무구뿐이었다.

쏴아아아—

마나의 물결이 썰물처럼 빠져나갔다. 갑자기 사라진 것이다.

불길한 기분이 들었다.

"돌입!"

톨로스는 두 명의 기사들을 창고 안으로 투입시켰다. 그들은 검에 마력을 형상화시키며 창고 안으로 뛰어들었다.

꽈지지직!

이해할 수 없는 소리가 들렸다. 뭔가가 부러지는 소리 같기도 하고 부서지는 소리 같기도 했다.

쏴아아아—

이윽고 엄청난 피가 창고 밖으로 튀어나왔다. 섬뜩한 장면이었다.

"무슨 일이냐!"

톨로스가 소리쳐 물었다. 창고 안으로 돌입한 기사들의 대답은 들리지 않았다.

저벅저벅.

창고 안에서 발자국 소리가 들렸다. 거미줄처럼 끈적끈적한 살기와 함께. 모두가 창고 안을 응시했다. 창고 안은 어두워서 잘 보이지 않았다. 누군가의 다리가 그림자처럼 길게 늘어졌다.

꿀꺽.

기사들은 마른침을 삼키며 나타난 사내를 보았다.

휘이이잉—

피 냄새가 섞인 바람이 불어 은발을 휘날렸다. 턱 선이 여인처럼 곱고 눈동자가 맑았다. 그리고 휘날리는 은발은 무척이나 아름다웠다.

잠시나마 넋을 잃고 쳐다본 사내는…….

씽이었다.

외모와 다르게 눈동자는 불타는 태양처럼 붉다.

"너는 샤를론즈 님의 개? 죽은 것이 아니었나?"

씽은 대답하지 않았다. 그는 차가운 눈빛으로 주위를 둘러보았다.

"네가 왜 여기 있는 것이냐? 안에 들어간 기사들은 어찌 된 것이냐? 하렘의 심장은 어디 있느냐?"

톨로스가 연속으로 물었다.

역시 씽은 대답하지 않았다. 그는 톨로스를 보며 조용히 입을 열었다. 묵직하지만 낮은 음성이었다. 하지만 그의 목소리를 못 알아듣는 기사들은 없었다.

단 세 마디.

꿇.

어.

라.

기사들은 잘못 들었다고 착각했다. 은발의 사내는 분명 강하다. 하지만 그는 샤를론즈 님의 개였다. 그녀가 죽으라면 죽는 시늉도 하는 추악하고 허깨비와 같은 자였다.

그자가 고귀한 자신들에게 꿇으라고 말했다.

"미친 새끼가 아닌가!"

"겨우 개 주제에 머리가 돌았나 보군."

기사들은 씽을 비웃었다.

챙—

씽의 손가락에서 열 개의 손톱이 튀어나왔다. 검의 날보다 훨씬 날카로운 손톱이 아침 햇살에 반사되어 눈부시게 빛났다.

"꿇지 않으면……."

씽의 양쪽 입술이 미묘하게 비틀렸다.

"…지옥을 보게 되리라."

씽의 몸에서 어마어마한 마나가 용솟음치기 시작했다. 이제껏 누구도 보지 못했던 가공할 마나였다. 마나는 마력으로 형체가 바뀌어 하늘을 향해 솟구쳤다.

"이, 이럴 수가."

믿기 힘든 장면을 본 기사들의 얼굴에서 핏기가 사라졌다.

"헉헉헉."

안드리안은 거친 숨을 몰아쉬고 있었다. 손가락 하나 까닥할 힘도 남아 있지 않았다. 삼안이 눈을 떴음에도 하렘의 심장을 컨트롤하기가 쉽지 않았다.

하렘의 심장과 흑마법에 당한 씽의 심장을 바꿔치기해야 한다. 그것은 오직 삼안족의 비술인 '심장의 도플갱어'에서만 존재했다.

삼안족이 불사라 칭송을 받는 비밀이 바로 그것이었다. 다른 종족 혹은 같은 종족의 심장을 이식하여 생명을 늘려갔던 것이다.

악마적인 비술이다.

인간의 왕들은 그 비술을 받기 위해 삼안족에게 충성을 맹세하기도 했다. 막강한 권력을 가진 인간의 왕이라면 천 년이든 만 년이든 심장을 계속해서 이식하며 살 수가 있을 것이라 여겼으니까.

그러나 아무리 삼안을 뜬 안드리안이라도 '하렘의 심장'을 이식하는 일은 쉬운 것이 아니었다. 드래곤 하트와 대마법사가 합쳐져 생성된 전설적인 무구 '하렘의 심장'을 이용하여 이런 시술을 하는 것 자체가 다른 사람들이 보기에 기절초풍할 일이었다.

"지금이야!"

삼안의 힘이 엄청나게 강해졌다.

비술이 전개되는 순간 하렘의 심장은 씽의 심장을 녹여 버렸다. 그렇게 하렘이 심장과 씽은 하나가 되었다.

하렘의 심장은 누구도 갖지 못한다는 전설이 있다. 워낙 강대한 마나를 내뿜기에 인간의 육신으로 견디지 못하는 것이다.

소드 마스터 급의 전설적인 강자가 나타난다면 모르지만.

그런데…….

씽은 육체의 힘으로 하렘의 심장을 견뎌냈다. 아무리 인간보다 강한 수인의 육체를 가지고 있다고 하더라도 불가능에 가까운 일이었다.

재생력이 상상을 초월했다.

두근두근.

심줄이 연결된 하렘의 심장이 뛰기 시작했다. 강대한 마나가 혈관을 타고 뻗어나갔다.

마나는 씽의 육체를 재구성했다.

헌 육체를 버리고 새로운 육체를 만들어낸 것이다. '하렘의 심장'에서 생성되는 마나를 담기 위해서는 필수적인 과정이었다.

그 광경을 모두 지켜보던 안드리안은 공포심마저 느꼈다.

육체를 재구성하는 과정이 모두 끝났을 때, 은발의 이 사내는 과연 얼마나 강해질까.

짐작도 가지 않았다.

시간이 지났다. 얼마의 시간이 갔는지는 모른다. 오랜 시간이 지난 것 같기도 하고, 짧은 시간이 지난 것 같기도 하였다.

씽은 눈을 떴다.

단지 작은 행동이었을 뿐이지만 거대한 울림이 있었다. 하나하나의 행동에 고귀함이 묻어 나왔다.

그때 두 명의 기사가 창고 안으로 뛰어들었다.

"누구냐!"

삼안의 안드리안은 앙칼지게 외쳤다. 온몸의 힘이 빠져 전투를 할 수 있는 지경이 아니었다.

기사들은 소리 없이 안드리안에게 검을 휘둘렀다.

때를 같이하여 삼안은 사라졌다. 삼안이 사라졌다는 말은

해가 뜨기 시작했다는 것.

"젠장."

모든 힘을 소진한 안드리안은 그들의 검을 피할 수가 없었다. 그녀는 눈을 질끈 감았다.

하나, 안드리안에게는 아무런 일도 일어나지 않았다. 육체의 고통이 느껴지지 않은 그녀는 살며시 눈을 떴다. 그녀의 앞에 유리처럼 빛나는 하얀 살결이 보였다.

씽의 팔이었다.

그의 곱고 아름다운 손가락에서 뻗어나간 손톱이 두 명의 기사를 갈기갈기 찢어놓았다. 시체는 산산조각이 나 제대로 찾기도 어려웠다.

씽의 아름다운 행위와 손톱의 잔혹성은 묘하게 대조되며 안드리안에게 가벼운 흥분을 일으켰다.

씽은 상체를 일으켜 안드리안을 돌아보았다. 무덤덤한 표정이었다. 그 모습이 무척 잘 어울린다고 안드리안은 생각했다. 씽의 입술이 달싹거렸다.

"살려줘서 고마워요."

짧고 작은 목소리였지만 확실하게 들을 수가 있었다.

강렬한 울림.

은발이 휘날리며 웃는 그의 웃음은 정녕 너무도 아름다웠다. 천사를 보고 있다는 느낌이랄까.

잔인한 손속 따위는 안드리안의 머릿속에서 사라졌다.

씽이 자리에서 일어났다.

"어디 가?"

안드리안이 물었다.

"저는 형님에게 큰 잘못을 했어요. 그를 지켜주기로 맹세를 했음에도 지키지 못했죠. 가장 큰 죄는 그토록 보고 싶었던 형님을 기억하지 못한 거예요."

"그건 네 잘못이 아니잖아."

"아니요. 제 잘못이에요. 제 목숨이 달아나는 순간에도 형님을 기억했어야만 해요."

무엇이 저 아름다운 청년을 저토록 맹목적으로 만들었을까. 안드리안은 궁금했다. 하지만 가만히 생각해 보면 이해도 갔다. 곤은 사람을 끌어들이는 굉장한 마력을 가지고 있었다.

멀리 갈 것도 없었다.

그녀 본인도 곤을 위해서 발 벗고 나서지 않았는가.

"그래, 같이 가자."

안드리안은 씽의 뒤를 쫓았다. 창고 문을 나서자 수십 명의 기사들이 가로막았다. 그들이 누구인지 대번에 짐작이 갔다.

그리고 그녀는 믿을 수 없는 광경을 목격하게 된다.

"이건 말도 안 돼. 있을 수 없는 일이야!"

톨로스 단장은 지금 벌어진 일을 보며 자신의 눈을 의심했다.

이것은 있어서도 안 되는 일이며, 일어나서도 안 되고, 현실적으로 맞지도 않았다.

백작 가문에서도 수위를 다투는 파괴력을 가졌다고 자부했던 붉은 장미 기사단이 단 한 명에게 패했다. 누가 과연 그것을 믿을 것인가.

직접 두 눈으로 보고도 믿을 수가 없었다.

마나를 자유자재로 사용하는 수십 명의 기사단원들이 모조리 도륙을 당했다.

처절하게…….

압도적으로…….

상대가 되지 않았다.

놈은 무지막지했다.

조금도 손속에 자비가 없었다. 열 개나 되는 거대한 손톱으로 기사들을 장난감처럼 가지고 놀았다.

마나를 담은 기사들의 검은 무지막지하게 잘려 나갔다. 열 개의 검은 자유자재로 길어졌고 기사들은 수십 조각으로 나뉘었다.

아끼고, 키우고, 함께 강해지기 위해 발버둥 쳤으며, 훈련이 끝난 후 술 한 잔을 하며 어깨를 두르고 내일은 더욱 나아질 것이라 약속했던 동료들이 본래의 모습을 알아볼 수 없을 정도로 분쇄되었다.

"이 개새끼! 이 개자식아! 네가 감히! 네가 감히!"

톨로스 단장의 눈에서 피눈물이 흘렀다.

자식과 같은, 동생과 같은 아이들이 모조리 사라졌다. 그는 눈앞에서 피에 젖은 채 은발을 휘날리고 있는 씽을 바라보았다.

그의 몸에서 뿜어져 나오는 마나는 조금도 줄지 않았다. 수십 명이나 되는 기사들을 상대했음에도 조금도 지친 기색이 없었다.

그것이 더욱 톨로스를 분노시켰다.

"죽여 버릴 테다!"

톨로스의 검에서 푸른색 아지랑이가 넘실거렸다. 지금까지의 기사들과는 다르게 확연하게 형체가 드러났다. 상당한 실력자임이 분명했다.

그는 씽을 향해 검을 휘둘렀다.

검에서 뚜렷한 모양의 검기가 튀어나왔다.

검기는 멀리서도 상대의 목숨을 노릴 수 있는 상당한 고위기술이다. 어지간한 마나가 없으면 오러를 만들어낼 수조차 없었다.

오러를 장거리 공격으로 바꾼 것이 검기였다.

검기는 정확히 씽의 목을 노렸다.

씽은 손톱을 휘둘렀다. 날아오던 검기는 산들바람처럼 흩날렸다.

그의 몸이 빠르게 움직였다.

톨로스도 씽을 향해서 달렸다. 선수필승이다. 저토록 빠른 자를 상대할 때는 가속도가 붙기 전에 잡아야 했다.

"죽어!"

강력한 오러가 줄기줄기 뻗어 나왔다. 열기가 주변까지 닿는다.

콰콰쾅!

톨로스와 씽이 격돌했다.

"크아아악!"

톨로스의 입에서 비명이 터졌다.

그는 고개를 숙여 자신의 가슴을 바라봤다. 생애 모든 힘을 불어넣은 오러는 단숨에 깨졌다. 예상은 했었다. 자신의 힘으로는 씽을 이기지 못할 것이라고.

놈은 샤를론즈보다 강했다. 어쩌면 그녀의 오빠보다 강할 수도.

그래도 그에게 한 방 먹이고 싶었다. 붉은 장미 기사단이 이름도 없는 개새끼 따위에게 전멸을 당했다는 것을 인정하고 싶지 않았다.

하지만…….

"커어어억!"

톨로스의 입에서 조각난 내장이 튀어 나왔다. 씽의 손톱에 의해서 내장이 갈기갈기 찢졌다.

씽의 손톱은 점점 위로 향했다.

그러고는 결국 목까지 관통했다.

"으으으윽."

푸확!

이내 톨로스는 머리까지 모조리 잘렸다.

톨로스의 상체가 완전히 사라졌다. 그의 하체는 힘없이 바닥에 허물어졌다.

씽은 손톱에서 피를 털어내며 중얼거렸다.

"분명 지옥을 보여준다고 했을 텐데."

*　　　*　　　*

퍼퍼퍼퍼펑!

"이오라!"

섬광 광역 주문이 연속으로 폭발했다. 빛을 내는 공 모양처럼 생겼지만 파괴력은 일본군이 쓰는 수류탄보다 강했다. 이오라가 닿는 부분은 즉시 녹아내리며 사방으로 불꽃을 피웠다. 불꽃과 함께 사방으로 파편을 튀기며 폭발한다.

"크흑."

샤를론즈와 열 명의 다스 소서러가 쉴 새 없이 공격 마법을 쏟아냈다.

이오라가 비록 서클이 낮은 마법이라고 하더라도 이렇게 많이 퍼부어지면 막아내기 힘들었다.

샤먼의 술법은 마법과 다르다. 술법은 마법처럼 즉각적으로 가드를 치기가 어려웠다.

따라서 술법을 행하기 위해서는 아군이 있어야 했기에 곤은 혼자의 무투 능력으로 적을 상대해야 했다.

곤은 연신 바닥을 구르며 머릿속으로 방어가 될 만한 술법을 찾았다.

딱히 떠오르지 않는다. 5단계 술법을 넘어가면 뇌격으로 적의 공격을 튕겨내는 술법이 있기는 하지만 지금의 그로서는 그림 속의 떡일 뿐이었다.

소믈린 병사들의 도움도 바랄 수가 없었다.

그들은 기마병과의 사투로 인해서 몸을 뺄 여력이 없었다. 아니, 전멸을 당하지 않으면 다행이다.

몸을 구른 곤은 굵고 곧게 뻗은 나무에 손을 댔다. 그는 진심을 담아 나무에게 말했다.

날 도와주겠니.

알았다는 듯이 나무의 가지들이 흔들렸다. 넝쿨이 바닥으로 툭툭 떨어졌다. 어느새 넝쿨과 잎사귀들은 전방의 시야를 가득 막았다.

다크 소서러들은 순간적으로 곤을 시야에서 놓치고 말았다.

"상관할 것 없다. 버러지 같은 것이 숨어 봤자 버러지지."

샤를론즈가 외쳤다.

그녀의 명령에 따라 다크 소서러들은 화염 마법으로 스킬을 바꾸어 쏟아냈다. 하위 공격이라지만 이 정도로 쏟아지면 상위 공격 못지않은 파괴력이었다.

화염 마법 수십 발이 연속으로 폭발했다.

퍼퍼퍼퍼펑!

곤을 감춰주었던 나무가 불타올랐다. 족히 수십 년은 그 자리에 있었을 테지만 가지가 부러지고 몸통이 반으로 쪼개졌다.

나무가 쓰러졌지만 곤은 그 자리에 없었다.

어느새 그는 옆 건물 2층으로 올라가 공격 술법을 준비하고 있었다.

처음으로 해보는 멀티 다중 술법이다. 상위 술법은 쓰지 못한다. 하위 술법은 잘 먹히지 않았다. 그렇다면 연속적인 공격뿐이었다.

"왼손에는 폭풍의 술, 오른손에는 화염의 술, 파이어 스톰!"

곤은 동시에 양손을 내밀었다.

왼손에서 튀어나간 회오리가 상당히 커졌다. 회오리는 오른손에서 발사된 화염을 휘감았다. 둘의 마력이 합쳐지자 점점 크기가 더해갔다.

이제껏 곤이 썼던 폭풍의 술법보다 족히 두 배는 넘을 듯한 크기의 회오리였다. 화염의 폭풍은 주변에 있던 물건들을 세차게 끌어당겼다.

부러진 간판, 인간의 사체, 부러진 병장기, 사소한 물건들이 회오리 안으로 끌려 들어가 순식간에 불타올랐다.

단지 재앙술 1식의 술법 두 개를 합쳤을 뿐인데 파괴력이 몇 배나 늘어났다.

다크 소서러들도 꽤나 놀란 모양이었다. 그녀들은 파이어 스톰에 끌려 들어가지 않기 위해 가드를 생성한 채 버텼다.

덕분에 다크 소서러들의 공격이 멈췄다. 이 기회를 놓칠 수는 없었다. 최소한 반 이상을 쓰러뜨리지 않으면 곤에게는 더이상의 기회가 없을지도 몰랐다.

곤은 손도끼를 들고 그녀들에게로 뛰어갔다. 샤를론즈와 눈이 마주쳤다. 그녀는 곤을 향해 무엇인가 주문을 외웠다.

"뇌격의 술!"

곤이 빨랐다.

그녀의 머리 위로 한 줄기의 뇌격이 내리꽂혔다.

쫘지지지직!

샤를론즈와 뇌격이 충돌했다. 그녀를 감싸고 있던 가드가 뇌격에 맞아 파괴되었다. 물론 그녀의 주문도 멈췄다.

아주 짧은 기회.

시간으로 치면 1초도 안 되는 극히 짧은 시간이었다. 그 사이를 곤은 비집고 들어갔다.

빠각!

곤은 가장 선두에 서 있던 다크 소서러의 이마를 손도끼로 쪼갰다. 그녀의 이마가 반으로 쩍 갈라졌다. 그녀는 비명도 지르지 못하고 뒤로 넘어갔다.

놀란 다크 소서러들의 움직임이 굳었다.

역시 곤의 예상이 맞았다.

이들은 접근전이 매우 취약하다.

더군다나 여자. 원거리 공격력은 무시무시할지 모르지만 이 정도 거리에서는 마나가 없는 병사들도 능히 당해낼 수가 있었다. 가슴이 완전 오픈된 그녀들은 어찌해야 할지 감을 잡지 못했다. 이런 경우를 상정하여 훈련을 한 적도 없는 모양이었다.

곤은 입술을 뒤틀며 손도끼를 휘둘렀다. 능숙한 공격에 다크 소서러들은 들고 있던 오브만을 허우적거릴 뿐이었다. 마법을 증폭시키는 오브로는 곤의 손도끼를 막을 수가 없었다.

꽈직—

"으아아악!"

속절없이 당한다. 그녀들은 급히 지팡이를 들어 내려쳤지만 그 정도 공격에 당할 곤이 아니었다.

오크들보다, 병사들보다 몇 배나 위력이 약하고 느린 공격이었다.

날아오는 지팡이를 쉽게 피하고 그것을 잡고 있던 팔목을 손도끼로 내려쳐 잘라냈다.

팔목이 잘려 나가자 엄청난 피보라가 생성되었다. 자신들의 잘려 나간 팔목에서 피를 본 다크 소서러들은 미친 듯이 비명을 질러댔다.

"아아악! 살려줘. 내, 내 팔목이 잘렸어. 으아아악!"

다크 소서러들의 진영이 완전히 무너졌다.

반만 쓰러뜨려도 큰 이득이라고 생각했던 곤이었다. 예상보다 훨씬 큰 소득이었다.

단번에 샤를론즈의 목까지도 취할 수 있으리라.

대부분의 다크 소서러가 곤의 손도끼의 맞아 전투불능이 되었다. 곤은 곧바로 샤를론즈를 향해서 몸을 날렸다.

상황이 이러하지만 그녀의 눈빛은 냉정하다. 조금도 흔들리지 않는다는 말이 정확했다. 다른 다크 소서러들과는 차원이 달랐다.

허접한 우두머리는 아니란 소린가.

그녀의 몸에서 강렬한 마력이 흘러나왔다. 불길함이 감도는 짙은 검은색 마력이었다. 그녀에게서 흘러나온 마력은 쓰러져 있던 다크 소서러에게 다가갔다.

맙소사!

샤를론즈의 검은 마력은 다크 소서러를 먹어치우는 것이 아닌가.

"으아아악! 사, 살려주세요, 샤를론즈 님. 저희는, 저희는 아직 싸울 수 있어요."

살아남아 있던 다크 소서러들이 애처롭게 외쳤다. 하지만 그녀들의 목소리는 샤를론즈에게 들리지 않는 모양이었다.

다크 소서러들이 모두 샤를론즈에게 먹혔다. 그녀의 검은 마력은 더더욱 강해졌다. 그녀가 얼굴을 가렸던 가면을 벗었다.

이럴 수가.

이제껏 그녀가 아름다울 것이라 여겼다. 다크 소서러이기에 얼굴을 가린 것이라 생각했다.

하지만 아니었다.

그녀는 얼굴이 없었다. 눈 밑으로는 검은 어둠이 깊게 자리를 잡고 있었다.

아공간? 아니면 작은 우주?

무엇이 진실인지는 알 수 없었다. 단지 확실한 것은 그녀가 본얼굴을 보인 이상 엄청나게 위험해졌다는 것이다.

위이이이잉—

그녀의 입이 주변에 모든 것을 빨아들이기 시작했다. 곤의 파이어 스톰과는 비교도 안 되는 흡입력이었다.

"흡."

곤은 숨을 쉬기가 어려웠다. 주변의 온도가 빠르게 내려갔다.

진공상태가 되어갔다.

"으아아아악!"

샤를론즈는 아군과 적군을 가리지 않고 빨아들였다. 제국군 기마병들과 소블린의 병사들이 견디지 못하고 그녀의 입속으로 사라졌다.

"이, 이건 도대체."

괴물도 이런 괴물이 없었다. 설마 입안으로 모든 것을 빨아들이는 괴물이 존재할 줄이야.

곤의 두 다리로도 버티지 못했다.

지지지직—

그도 점차 끌려갔다.

"폭풍의 술! 화염의 술! 파이어 스톰!"

다시 한 번 강력한 술법을 썼지만 소용이 없었다. 회오리는 제대로 만들어지지도 못한 채 샤를론즈의 입속으로 사라졌다.

모든 것을 먹어치우는 가공할 기술.

"쓰레기 같은 것들! 감히 네놈들이 나를 이길 성싶었더냐. 모두 내 뱃속으로 사라져라!"

샤를론즈의 목소리가 메아리쳤다.

"주인, 이러다가 죽겠어."

이제껏 숨죽이고 있던 펑펑이 말했다. 곤이 직접적인 전투를 벌일 때는 어지간하면 말을 하지 않는 그녀였다. 곤의 집중력이 떨어질까 걱정을 해서였다.

하지만 지금과 같이 초를 다투는 위기의 순간이라면 그녀도 같이 머리를 짜내 지금의 상황을 탈출해야 했다. 그러나, 너무도 빨아들이는 힘이 강해 펑펑도 몸을 제대로 가눌 수가 없었다.

곤은 손도끼를 바닥에 찍었다. 조금이라도 끌려가는 힘을 저지하기 위해서였다. 어림도 없었다. 약간의 시간을 늦추기는 했지만 손도끼도 뽑혀나갈 지경이었다.

이렇게 끝낼 수는 없었다. 아직 곤에게는 할 일이 무척이나 많이 남아 있었다.

그리고 혜인에게 돌아가야만 했다.

이렇게 끝을 낼 수는······.

"으으윽."

그렇지만 곤의 능력으로도 압도적인 흡입력 앞에서는 벗어날 수가 없었다.

"형님!"

익숙한 목소리가 곤의 뒤에서 들렸다. 분명 썽의 목소리였다.

"씽? 씽인가!"

"접니다! 저예요, 형님!"

그가 곤을 부른다는 것은 안드리안이 삼안족의 술법을 성공시켰다는 말과도 같았다.

기뻤다.

가슴이 벅차올랐다.

하나, 회포를 나누기에는 상황이 너무도 좋지 않았다. 잘못하면 두 명 다 샤를론즈의 입속으로 빨려 들어갈 수도 있었다.

"뒤를 부탁합니다!"

씽은 짧게 말했다. 그는 빠른 속도로 곤의 옆을 스쳐 지나갔다. 그러고는 흡입력에 몸을 맡겼다.

채애앵—

날카로운 손톱이 튀어나왔다. 씽은 양팔을 벌렸다. 그의 손톱이 수십 미터까지 늘어났다. 손톱은 무너지고 있는 양쪽 건물에 박혔다.

"이 은혜도 모르는 개새끼 같은 놈!"

씽을 알아본 샤를론즈가 사납게 외쳤다.

"개소리 마. 내 심장을 흑마법으로 오염시켜 놓고 뭐가 어쩌고 저째!"

씽은 샤를론즈의 입속으로 빨려 들어갔다. 동시에 그녀의 입이 씽의 손톱에 의해서 양쪽으로 길게 찢어졌다. 찢어진 입에서 풍선 터지는 소리가 들렸다.

상처를 입은 샤를론즈가 비틀거렸다. 동시에 그녀의 흡입력이 빠르게 약화됐다. 예상외의 사태를 맞이해서인지 샤를론즈가 눈에 띄게 당황했다.

그녀는 상당한 수준의 흑마법사였다. 그중에서도 가장 자신 있어 하는 마법이 공간을 이용한 것이었다. 즉, 그녀만이 가진 조건을 만들어 놓고 상대가 그 조건을 충족했을 때 다른 세상이 펼쳐진다. 그녀의 입안에서 생겨난 아공간이 바로 그것이었다.

한번 벌어진 아공간은 상대를 완전히 빨아들이기 전까지 멈추지 않았다.

이제껏 그러했고 후에도 그럴 것이라 믿었다.

하지만 한 번도 실패한 적이 없는 절대적인 마의 공간이 무너지려고 한다.

"크아아악! 이 개새끼!"

씽은 그녀의 입에 간신히 매달렸다. 길어진 손톱으로 인해서 간신히 버티고 있는 셈이었다.

"지금이야!"

때와 타이밍, 순간적인 운도 절묘하게 맞아떨어졌다. 그것은 곤과 가장 많은 시간을 보내는 펑펑이 먼저 알아차리고는 크게 외쳤다.

곤도 느꼈다.

지금이 샤를론즈를 쓰러뜨릴 마지막 기회라는 것을……

곤은 손도끼를 뽑았다. 그의 몸이 둥실 떠올라 샤를론즈에게 날아갔다. 아까처럼 흉폭하지도, 강하지도 않은 흡입력이었다.

이 정도라면 얼마든지 몸을 움직일 수가 있었다. 곤은 몸을 회전시켰다. 다리부터 샤를론즈를 향해서 날아갔다. 이윽고 그의 양발바닥이 샤를론즈의 어깨에 닿았다. 아주 약간 버틸 수 있는 정도의 힘이었다. 잘못하면 하체가 이 마녀에게 뿌리 채 먹힌다.

곤은 있는 힘껏 그녀의 얼굴을 향해 손도끼를 휘둘렀다. 손도끼는 샤를론즈의 한쪽 눈을 찍었다. 눈알이 터지며 희멀건 액체가 밖으로 튀어나왔다.

"크아아아악!"

그녀가 눈을 양손으로 잡고 뒤로 물러났다. 가공할 정도로 몰아치던 흡입력이 거짓말처럼 사라졌다. 공중에 떠 있던 크고 작은 물건들은 바닥에 떨어졌다.

"크으으윽."

샤를론즈는 얼굴에서 흘리는 피를 양쪽 손바닥으로 막고 연신 뒷걸음을 쳤다. 어느새 그녀의 입에는 검은 마스크가 가려져 있었다.

아공간에서 튀어나온 씽은 재빨리 자리에서 일어났다. 씽과 곤이 양쪽으로 벌어지며 샤를론즈를 압박했다.

"빌어먹을 천한 것들! 내가 이대로 끝낼 줄 아느냐!"

"포기하시오. 끝났소."

곤은 냉정하게 말했다.

"끝나? 지랄하지 마! 끝나긴 뭐가 끝나!"

"당신은 더 이상 우리를 이길 수 없소."

"개소리하지 마. 내가! 내가 너희에게 맹세하지. 다시 나를 보게 되는 날, 너희 둘은 반드시 껍질을 벗겨 씹어 먹고 말 테다!"

그 말을 끝으로 샤를론즈는 품에서 스크롤 한 장을 꺼내 반으로 찢었다. 동시에 그녀의 몸이 하얗게 빛을 내더니 사라졌다.

순식간에 일어난 일이었다.

곤과 씽이 움직이기도 전에 샤를론즈는 눈앞에서 사라지고 없었다.

"이것도 마법인가."

곤은 혀를 찼다.

이제는 놀라고 싶지도 않았다. 마법의 세계는 참으로 기기묘묘한 것 같았다.

"뒷맛이 무척이나 더럽군."

그녀의 성격으로 보아 언젠가 다시 앞에 나타날 것 같았다.

큰 후환을 남겨둔 셈이었다. 그러나 이렇게 사라진 이상 그녀를 붙잡는 것은 불가능에 가까웠다.

곤은 고개를 돌려 씽을 바라보았다. 씽도 곤을 바라보았다. 제대로 보는 것이 얼마 만인지 기억도 나지 않는다. 그의 명령을 충실히 지켜준 씽이 고마웠다.

곤은 팔을 벌려 씽을 안았다. 씽도 곤을 깊게 안았다. 서로
의 따뜻한 체온이 느껴졌다.

"살아 있어줘서 고마워, 씽."

"저도요, 형님. 다시는 떨어지지 않을 거예요."

Chapter 6. 시작은 미약하나
끝은 창대하리라

정말 지옥과 같은 하루였다.

단 하룻밤 사이에 소블린의 병사들은 반 이하로 줄었다. 용병들도 마찬가지였다.

시민들의 피해는 얼마나 되는지 집계도 되지 않았다. 도시 한 구석에는 더러운 천으로 덮어놓은 시체들이 가득 쌓여 있었다. 더러운 천을 올리며 가족들을 찾는 시민들의 눈물이 계속 흘렀다.

그나마 가족을 찾을 수 있는 사람들은 다행이었다. 망령들에 의해서 찢기고 먹혀 형체를 알아볼 수 없는 시체들은 가족의 품으로 돌아갈 수가 없었다.

우습게도 영주인 루투소 백작은 살아남았다고 한다. 그를 따르는 사설 기사단의 기사들도 대부분 멀쩡하다고 하였다.

귀족들도 마찬가지였다.

그 난리 통에 다른 곳에 비해 영주의 저택은 피해가 무척이나 미미했다. 대신·귀족들이 피신하는 동안 시간을 벌어준 하인, 하녀, 사병들의 피해는 막심했다.

그들은 승리의 축제를 연다고 하였다.

물론 귀족들끼리. 아콘이 찾아와 자리를 빛내주길 바란다고 말했다. 무척이나 민망한 표정이었다. 아콘 역시 루투소 백작의 명령이 아니었다면 이런 말을 입 밖에 꺼내지 않았을 것이다.

곤은 정중하게 그의 제안을 거절했다. 아콘 역시 두 번 묻지 않았다. 오히려 죄송하다고 대답했다. 그는 언제 다시 볼 수 있냐고 물었다. 곤은 인연이 되면 다시 볼 수 있을 것이라고 대답했다.

아콘은 길게 한숨을 내쉬며 자리를 떴다. 그의 어깨가 무척이나 무거워 보였다.

곤과 씽, 안드리안은 짐을 챙겼다. 마차는 완전히 박살이 나서 사용할 수가 없었다. 전차를 끌던 말들도 망령들에 의해 죽임을 당했다.

곤과 안드리안은 말 세 필을 구하기 위해 이곳저곳을 돌아다녔지만 어디에서도 구할 수가 없었다. 그나마 다행인 것은 그들의 짐이 적다는 것이다. 말이 없다고 하더라도 충분히 이동할 수 있었다.

어쩔 수 없이 그들은 도보로 이동을 해야만 했다. 그들이 묵던 여관은 불타 버렸다. 주인도 죽었다.

여관을 가깝고 허름한 곳으로 옮겼지만 이번 전투로 인해 몇 배나 시세가 올랐다. 그들이 지냈던 여관보다 훨씬 허름한 데도 두 배나 되는 요금을 물어야 했다.

"인심 더럽게 야박하네."

안드리안이 투덜거렸다.

그들은 어렵게 구한 식료품을 가방에 쓸어 담았다. 다행히도 그녀에게는 마법 가방이 있어 상당한 무게의 물건들도 어렵지 않게 넣을 수가 있었다.

곤은 뮬란이 남겨준 검을 보았다. 검집부터 상당한 보검이라는 것을 알 수 있었다. 손잡이는 정교했고 검신은 붉고 날카로웠다.

"이게 마법검이란 건가요?"

곤은 보검을 이리저리 휘둘러보며 안드리안에게 물었다.

"응, 무척이나 희귀한 아이템이지. 아마 기사들이라면 그것을 차지하기 위해 목숨 걸고 덤빌걸."

"그렇겠네요."

그도 검이 지닌 파괴력을 보았다. 이것만 있다면 최소한 한 번의 목숨은 더 구할 수 있을 것이다. 목숨을 구할 수 있는 아이템. 그만큼 소중한 것은 없으리라.

"유언을 들어줄 거지?"

안드리안이 물었다. 뮬란은 이 검을 아들인 헤즐러에게 가져다주기를 원했다. 그 대가로 '하렘의 심장'을 넘겼다.

하지만 그는 죽고 없었다. 사실 모른 척하고 검을 그가 가진다고 하더라도 누가 뭐라고 할 사람은 없었다. 아는 사람은 안드리안과 썽뿐이니까.

"약속은 지켜야죠. 하지만 지금은 아니고……."

곤에게는 할 일이 있었다. 너무 이곳에서 많은 시간을 지체했다. 지금 이 순간에도 코일코의 생사가 어떻게 됐을지 알 수 없었다.

그러나 코일코에게 무슨 일이 벌어졌다고는 생각하지 않았다.

썽도 살아 있었다.

코일코도 반드시 살아 있을 것이다.

그를 구하기 위해 제국으로 가야만 했다.

"좋아. 그럼 내일 바로 출발하자고."

"그렇게 하죠."

*   *   *

아침 일찍 여관을 나서던 곤과 썽, 안드리안은 움찔거렸다. 여관 앞에 스무 명 정도 되는 용병들이 날이 바짝 서서 기다리고 있었기 때문이었다.

"무슨 일이오?"

곤이 물었다.

용병들은 서로의 눈치를 살폈다. 가장 선두에 서 있던 덥수룩한 수염을 한 장한이 곤의 앞에 다짜고짜 한쪽 무릎을 꿇으며 외쳤다.

"저희를 받아주십시오."

이건 또 무슨 황당한 소리.

뭘 받아줘?

이해가 되지 않은 곤과 씽, 안드리안은 서로를 쳐다보았다.

"그게 무슨 소리인지."

"저희는 이번 전투에서 살아남은 용병들입니다. 애초에 한 몫을 잡기 위해 소블린과 계약을 했죠. 저희들이 이곳에 처음 왔을 때 용병들의 숫자만 오백 명 가까이 됐습니다. 하지만 지금 남은 사람들은 백 명이 채 되지 않습니다. 생존한 자들은 모두 이곳을 떠났습니다."

"그래서요?"

"저희는 루투소 백작의 인덕을 믿었습니다."

루투소 백작은 겉모습과는 다르게 꽤 인덕이 좋다고 소문이 나 있었다. 많은 용병들이 그 소문을 믿고 소블린으로 모여 계약을 맺었다.

하지만 막상 이곳에서 일을 해보니 처우가 좋지 못했다. 월급도 꼬박꼬박 나오는 것이 아니었다. 차일피일 한두 달씩 급여를 못 받기도 하는 일이 많았다.

용병들의 불만은 많아졌다.

그렇기에 제국군과의 전투에서 이탈이 그렇게 심했던 것

이다.

곤과 안드리안은 루투소 백작을 직접 만났다. 그들은 처음부터 루투소 백작이 어떤 인물인지 알아봤다. 그는 욕심이 많고 남에게 베푸는 것을 모르는 작자였다. 남을 깔보고 귀족으로서 허영심이 가득했다.

그를 모시는 가신들에 의해서 이미지가 만들어진 귀족이었다.

"그래서 어떡하신다고요?"

"안드리안 님이 용병단을 만드셨다고 들었습니다. 큰 폐가 되지 않는다면 저희를 고용해 주십시오."

안드리안은 난감했다. 자신이 용병단의 단장이라고 떠들기는 했지만 단원이라고는 곤 한 명뿐이었다. 어차피 곤을 끌어들이기 위한 구실이었다.

용병단을 만들려는 생각은 눈곱만큼도 없었다.

"큰 폐가 되는데요."

안드리안의 난색을 표하는 말에 용병들의 표정은 돌처럼 딱딱해졌다. 그들은 누가 뭐라고 할 것도 없이 동시에 무릎을 꿇었다.

용병들의 얼굴에서 절박함이 떠올랐다. 그들이 속해 있던 용병단은 와해됐다.

실력이 있고 다른 용병단에 가입할 수 있는 사람들은 모두 떠났다.

남은 이들은 실력이 뒤처지는 용병들이었다. 그들이 다른 용병단에 가입한다고 하더라도 방패막이로 내몰려야 했다.

즉, 막다른 길까지 몰린 자들이라고 할 수 있었다.

"급여는 저희가 쓸 만하다고 여기시면 그때 주셔도 됩니다. 노예처럼 부리셔도 저희는 따르겠습니다."

저들의 눈빛으로 보아 좀처럼 물러날 기색이 없었다. 안드리안은 무척이나 난감했다. 모른 척하고 그냥 간다면 죽자 살자 따라붙을 모양이었다.

"음, 어쩔까?"

안드리안이 곤에게 물었다. 어느새 그녀는 곤에게 상당히 의지를 하고 있었다.

"일단 제국까지 같이 이동을 하죠. 가는 동안 안드리안이 용병들을 선별하세요. 만약 괜찮다 싶으면 용병단을 운영하는 것도 나쁘지 않다고 생각합니다."

"그럼 그렇게 할까나."

이번 전투에서 안드리안도 많은 것을 느꼈다. 혼자서 할 수 있는 일은 한정되어 있었다. 뮬란이 없었다면 씽을 살리지 못했고, 곤이 없었다면 그녀 본인이 죽었다.

서로가 서로의 등을 내줄 수 있는 전우라는 것은 무척이나 소중한 존재였다.

안드리안의 허락이 떨어졌다.

용병들은 만세를 불렀다.

"아직 용병단에 받아준 것이 아니야. 인성이 나쁘거나, 약한 자들을 핍박하거나, 같이 얻은 물건을 혼자서 독차지하거나 등등 그런 낌새만 보여도 끝장인 줄 알아!"

"알았습니다."

스무 명의 용병들은 밝게 대답했다. 이제는 그들을 이끌어 줄 사람이 생겨난 것이다.

그 이름도 살벌한 흉폭의 용병단이 첫발을 내딛는 순간이었다.

*　　*　　*

아콘이 최대한 배려를 해준 덕분에 용병단은 어렵지 않게 소믈린 성을 나갈 수가 있었다.

아콘은 곤과 안드리안의 손을 잡고 꼭 다시 한 번 들르라고 말했다. 도시를 구한 영웅이 이토록 내쫓기듯 나가는 것이 못내 마음에 걸리는 모양이었다.

곤과 안드리안은 알았다고 대답했다.

제국군은 모두 세리포스 요새로 물러났다. 보충병이 오려면 상당한 시일이 걸릴 터였다.

덕분에 용병단은 제국군이 지키던 길목을 어렵지 않게 지나칠 수 있었다. 왕래가 시작된 상인들의 마차를 종종 볼 수도 있었다.

며칠간 용병들과 생활을 하다 보니 왁자지껄한 것이 나쁘지 않았다. 일단 겉모습과 다르게 용병들은 순수하고 소박했다.

그들의 꿈은 오직 하나, 돈을 벌어 고향에 땅을 산 후 여우 같은 마누라를 얻고 토끼 같은 자식을 낳는 것이다. 조금 허풍이 있기는 하지만 그렇다고 싫은 것은 아니었다. 특히 몇몇 어린 용병들은 곤과 안드리안을 영웅처럼 바라봤다.

하긴 도시에 퍼진 소문이 '곤과 안드리안 두 영웅이 어린 백성들을 안타깝게 여겨 하늘을 대신해 제국군을 몰아냈다' 라는 말도 안 되는 내용이었으니 가능한 일이었다.

길을 걷던 곤은 한 산을 바라보았다. 꽤나 험난한 산새였다. 이곳이 어디였는지 기억이 났다.

그의 목숨을 구해준 보스 개가 묻힌 곳.

그리고 신비한 온천이 있던 곳이기도 했다.

"잠깐만."

곤은 행군을 하던 용병단을 멈췄다. 모두가 의아한 표정으로 곤을 바라봤다.

"왜?"

안드리안이 물었다.

"저 산을 갔다 가면 안 될까요?"

"어디 보자."

안드리안은 곤이 가리킨 산을 보았다. 높지는 않지만 절벽이 많아 산새가 상당히 가팔랐다. 서둘러 제국으로 향해야 하는 곤의 입장에서 왜 저 산을 올라야 하는지 이해가 되지 않았다. 가장 마음이 급한 자는 다름 아닌 곤이 아니던가.

"제국으로 가는 길도 아니고. 산새도 험하고. 저길 가야 하는 이유가 있어?"

곤은 고개를 끄덕였다.

스무 명이나 되는 용병들을 이끄는 것은 쉬운 일이 아니었다. 특히 누군가를 이끌어본 적이 없는 곤과 안드리안에게는 더욱.

개개인의 성격이 다르고 좋아하는 것도 다르고 싫어하는 것도 달랐다. 가장 결정적인 문제는 용병들이 너무 약하다는 것이다. 단 한 번의 전투로도 몰살을 할 수 있을 정도였다.

아직까지 살아남은 것이 용했다.

한시가 바쁜 곤이지만 이들을 이대로 내버려 둘 수는 없었다. 최소한 자신의 몸을 지키는 정도까지 수준을 올려야 한다고 생각했다.

"가보면 압니다. 모두 좋아할 겁니다."

"흠, 제국군 요새에 갔다 오더니 저곳에 뭔가를 숨겨놓았나 보네."

"비슷합니다."

"좋아, 그럼 우리 부단장께서 무엇을 숨겨놓았는지 한번 가보자고."

곤은 허튼 말을 하는 자가 아니다. 산속에 뭔가가 있다면 분명 기대 이상의 무엇이 있을 것이다. 안드리안은 은근한 기대를 하며 입가에 미소를 지었다.

가파른 절벽을 뛰어다니는 산양. 그리고 절벽 사이에서 내려와 웅덩이가 되어 있는 뜨거운 물.

"이건?"

안드리안의 두 눈이 휘둥그렇게 변했다. 그녀도 이 물이 어떤 효능을 가지고 있는지 알고 있는 모양이었다. 직접 보는 것은 처음이지만 무엇인지는 대번에 알아차릴 수가 있었다.

"온천이구나!"

자신도 모르게 환호성에 가까운 탄성을 내지르는 안드리안이었다.

"맞아요, 온천입니다."

"아이고, 이쁜 것. 이걸 어떻게 찾아냈대."

흥분한 안드리안은 곤의 뺨을 잡고 연신 뽀뽀를 했다. 당황한 곤이었지만 안드리안은 개의치 않았다.

용병들은 안드리안이 왜 그러는지 몰라 어리둥절한 표정을 지었다.

"잘 들어라, 잡것들아. 이게 온천이라는 거다. 이곳에 꾸준히 몸을 담그면 피부 질환이 사라지고 건강해진다. 내상이 심한 사람은 내상을 치료해 준다. 마나가 있는 사람은 혈관을 넓혀 마나를 더욱 증폭시켜준다. 대륙의 모든 왕족들이 억만금을 들여서 사고 싶어 하는 아이템 중의 하나다, 바로 이것이."

"정말입니까?"

나이가 많아 용병들의 우두머리를 맡고 있는 게론이 물었다.

"내가 거짓말을 할 이유가 있냐?"

안드리안은 어깨를 으쓱거렸다. 용병들은 김이 모락모락 나는 온천을 보았다. 건장한 체격을 갖춘 그들이지만 전투에 대한 숙련도는 낮았다.

제대로 된 배움이 없었기 때문이었다. 당연히 단전도 갖추지 못했고 마나의 사용은 꿈도 못 꿨다. 단전을 갖추고 있다면 마나의 양을 늘려주는 온천은 모두에게 꿈의 아이템이었다.

"자, 모두 들어가 봐."

안드리안이 말했다.

용병들이 주춤거렸다. 감히 자신들이 온천에 들어갈 수 있느냐, 라는 표정이었다.

"걱정하지 말고 들어가. 명령이다."

"나중에 딴 말하기 없깁니다."

"걱정 말래도."

"그럼 갑니다. 이야호!"

용병들은 짐을 내팽개치고 너나 할 것 없이 온천에 뛰어들었다.

"우왓! 뜨거!"

"야, 야, 가만히 앉아 있어. 이거 엄청 좋은 거라잖아. 우리 같은 놈들은 평생 한 번 몸 담가볼 수 없는 곳이야."

용병들은 들떴다.

아이 같은 그들의 모습을 보고 있자니 절로 미소가 나오는 곤과 안드리안이었다.

"평평, 너도 온천 좀 하지그래?"

곤은 어깨에 앉아 있던 평평에게 말했다. 그녀는 물의 정령

운디네다. 물을 만났을 때 가장 좋아하고 가장 활기찼다. 하지만 그녀는 곤의 어깨에 앉은 채 꼼짝도 하지 않았다.

"싫어. 저런 털북숭이들과 같이 물에 들어가느니 죽고 말겠어. 조금 이따 주인 들어갈 때 같이 갈 거야."

"훗, 그럼 그렇게 하렴."

곤은 펑펑의 머리를 쓰다듬어 주었다.

"그런데 이곳에 온천이 있다는 것은 어떻게 알았어?"

안드리안이 물었다.

제아무리 산을 잘 타는 자들이라고 하더라도 온천을 발견하기가 무척이나 어려웠다. 그렇기에 온천은 하늘에 선택을 받은 사람들의 눈에만 보인다는 전설이 있었다.

곤은 보스 개를 만난 사실을 짧게 말해주었다. 그의 말을 들은 씽과 안드리안이 감탄사를 내뱉었다.

"역시 당신은 인복이 있어. 이런 기연은 쉽게 만나는 것이 아니야."

곤은 고개를 끄덕였다. 우연이 몇 번이나 겹쳐 그의 목숨을 살려준 적이 한두 번이 아니었다. 그는 혜인이 자신을 지켜주고 있다고 생각했다.

"이곳에서 며칠간이라도 수련을 하죠."

"며칠씩이나?"

"그러는 것이 좋을 것 같아요. 씽도 하렘의 심장을 마음대로 사용할 수 있는 것도 아니고. 용병들도 어느 정도 실력을 키웠으면 하거든요. 더군다나 온천의 효능이 하루 만에 나타나지도 않고요."

"하긴."

안드리안은 고개를 끄덕였다.

용병들은 나쁜 사람들이 아니다.

나쁜 사람들이 아니라고 실력까지 좋은 것이 아니었다. 저들의 실력으로 아직까지 살아남은 것은 운이 좋았다라고밖에 표현할 수가 없었다.

저들의 도움을 받아야 할 처지에 반대로 저들을 지키기 위해서 그들이 위험에 처해질 수도 있었다.

저들을 같은 용병단의 일원으로 받아들였으면 책임을 져야 한다.

책임을 지기 위해서는 저들도 강해지게 할 필요가 있었다. 곤은 그들에게 무상심법을 가르쳐 줄 생각이었다.

안드리안은 온천에서 신나게 놀고 있는 용병들을 향해서 외쳤다.

"자, 이 잡것들아. 우리는 이곳에서 일주일간 숙영을 한다. 왜냐고? 우리가 너희를 강하게 만들어주겠다. 지금이라도 자신이 없으면 산을 내려간다!"

그녀의 말에 용병들의 움직임이 멈췄다.

"그게 무슨?"

"잘 들어라, 잡것들아. 너희들 강해지고 싶지? 강해져서 돈도 많이 벌고 고향에 내려가 떵떵거리고 살고 싶지? 그렇지?"

"그렇습니다."

"그런데 너희는 졸라 약해. 근육만 키워서 겉보기만 강해 보여. 맞아, 아니야?"

"맞습니다."

용병들의 목소리가 모기처럼 작아졌다.

"그래, 이제부터 너희는 우리와 함께 간다. 그러기 위해서는 일단 강해져야 해. 당연한 말이지만 마나도 다룰 줄 알아야 한다."

마나라는 말에 용병들의 얼굴이 거무죽죽해졌다. 말은 쉽다. 하지만 마나를 익히는 것은 하늘에서 별을 따는 것만큼이나 어려웠다.

누구도 마나를 다룰 줄 아는 방법을 가르쳐 주지 않았다. 간혹 실력 좋은 용병단장을 만나도 혼자서만 수련을 할 뿐 누구에게도 보여주려고 하지 않았다.

"못 믿겠나?"

"……"

용병들은 대답하지 않았다. 이제껏 이런 식으로 속은 적이 한두 번이 아니었다. 만약 곤과 안드리안이 정말로 마나를 다룰 수 있게 해준다면 평생 업고 다닐 마음도 있었다.

"곤."

안드리안이 곤을 불렀다. 고개를 끄덕인 곤은 용병들의 앞에 섰다.

"마침 온천이 있으니 단전을 만들기에 딱 좋은 환경이다. 모두 가부좌를 하고 앉도록."

단전을 만든다는 말에 귀가 번쩍이는 용병들이었다. 마나를 다루기 위해서는 단전이라는 것이 있어야 한다는 것쯤은 건너 건너 들어서 알고 있었다.

"자, 이제부터 내가 하는 말을 잘 듣도록. 내공을, 아니, 마나를 다루기 위해서는 우선……."

*　　　　*　　　　*

온천 근처에 모닥불을 피워놓고 용병들이 잠자리에 들었다. 두 명의 용병은 혹시 모를 사태에 대비해 경계를 섰다.

부서진 달이 뜬 시각.

평상시라면 모두가 잠이 들었어야 한다. 하지만 누구도 잠자리에 들지 못했다. 두 눈을 깜빡인 채 뜬 눈으로 밤을 새우고 있었다.

낮에 있었던 일.

단전이 생겨나는 현상을 처음으로 느껴본 그들은 흥분에 휩싸였다.

도저히 잠이 오지 않았다.

감이 좋은 자들은 아랫배에 생긴 단전에 대해서 또렷하게 느꼈다. 감이 없는 자들도 아랫배에서 뭔가 이상한 것이 생겨남을 알 수 있었다.

마나를 담을 수 있는 첫 번째 단계인 단전 형성이 그들에게 이뤄진 것이다.

"정말 꿈만 같아."

용병단에서 가장 어린 메테가 감격에 겨워 루본스에게 고개를 돌리며 말했다.

루본스는 메테보다 2살 많은 19세였다. 두 살 차이지만 성격이 잘 맞아 둘은 친구처럼 지냈다.

그들이 아직 죽지 않은 것은 둘의 호흡이 잘 맞았기 때문이라고도 할 수 있었다.

또래에 비해 머리 하나는 큰 루본스도 흥분하기는 마찬가지였다. 하지만 메테처럼 마냥 좋아하지만은 않았다.

"부단장이 왜 이토록 귀중한 심법을 우리에게 가르쳐 줬을까?"

가장 궁금한 점이었다. 이제껏 살아오면서 누군가에게 공짜로 준다는 것은 본 적이 없었다. 항상 대가가 필요했다.

이렇게 귀중한 심법을 가르쳐 준다는 것은 그만큼의 대가를 바라고 있는 것이라 여겼다.

어쩌면 그것이 자신들의 목숨일지도 몰랐다.

"모르지 뭐. 곤과 안드리안의 무력을 우리도 똑똑히 봤잖아. 그들은 엄청난 강자야. 우리가 모셨던 어떤 용병단장보다 강했어."

"그거야 그렇지. 하지만 그들이 아무 이유도 없이 우리에게 왜 심법을 가르쳐 줬겠냐고. 뭔가 바라는 것이 있을 거야."

"우리 용병들이 모두 덤벼도 단장은커녕 부단장도 이기지 못해. 그리고 씽이라는 사내가 얼마나 무서운지 봤잖아? 그렇게 강한 저들이 우리에게 바라는 것이 뭐가 있겠어."

씽이 열 개의 손톱을 어떻게 사용하는지 그는 똑똑히 목격했다.

그때만 생각하면 자다가도 몸이 부르르 떨렸다. 자신들로서는 그들의 발뒤꿈치도 쫓을 수가 없었다.

"그거야 그렇지만……."

루본스는 말을 이을 수가 없었다. 단장과 부단장, 씽이라는 자의 강력함은 그들의 상식과는 달랐다. 그토록 무서운 기사들도 그들에게 추풍낙엽처럼 나가떨어지지 않았던가. 강하다는 말 빼고는 설명을 할 수 없을 정도로 강했다.

그런 그들이지만 아무런 대가 없이 자신들에게 이런 호의를 베풀고 있다는 것이 아직까지도 믿기지 않았다.

온천에 도착한 첫날.

대부분이 같은 생각을 했고 새벽이 올 때까지 잠을 이루지 못했다.

이튿날부터 용병들의 의문은 싹 사라졌다. 의문을 가질 시간이 없다는 말이 정확할 것이다.

새벽부터 일어난 용병들은 씽과 함께 체력을 길렀다. 곧 본인도 씽과의 속도전에서 몇 수나 아래였다.

당연한 말이지만 그런 씽을 쫓을 수 있는 용병은 아무도 없었다.

새벽부터 험한 산을 한 바퀴 돈 용병들은 바닥에 엎드려서 먹지도 않은 음식을 모두 게워냈다.

"아이고, 나 죽어."

"이게 뭐야. 전쟁도 이것보다 힘들지 않겠다."

곤은 지친 그들을 온천 안에 밀어 넣었다. 용병들은 반쯤 기어서 온천 안으로 들어갔다. 따뜻한 물이 그들의 뭉친 근육들을 빠르게 풀어주었다.

노랗게 보였던 하늘이 점차 본래의 색으로 돌아왔다.

"자, 앉은 채 들어라."

곤은 그들에게 심법에 대해서 자세히 설명하기 시작했다. 이곳과 곤이 살던 세상과는 언어가 완전히 다르다. 그렇기에 무상심법에 적힌 오묘한 한자를 풀어서 설명하는 것이 곤에게도 무척이 어려웠다.

하지만 의외로 자신에게 도움이 되었다. 무학 스님께서 배웠지만 모르던 구결들도 다른 사람들을 가르치게 되니 이해가 되었다.

하나, 용병들의 대다수는 곤의 말을 알아듣지 못했다.

뜨거운 온천 안에 들어가서 듣다 보니 더욱 정신을 집중할 수가 없었다. 조는 놈들도 보였다. 곤은 검집으로 졸고 있는 그들의 어깨를 사정없이 때렸다.

빡— 소리가 크게 났다. 뼈를 상하게 하지는 않을 것이지만 꽤나 따가울 것이다.

곤에게 맞은 용병들은 놀라서 일어나 정신을 차리려고 노력했다.

"방금 졸았던 놈들 저 나무가 있는 곳까지 선착순 두 명."

곤은 검집으로 산 중턱에 있는 소나무를 가리켰다. 대략 거리가 '뜨악' 이다.

"분명 선착순이라고 했다."

곤의 말에 놀란 용병들이 벌떡 일어나 온천에서 나와 소나무가 있는 곳을 향해서 뛰었다.

옷에 물이 먹어 뛰기가 쉽지 않았다. 몇 명은 무릎에 천이 걸려 앞으로 자빠지기도 했다.

온천에 남아 있는 용병들은 자신이 걸리지 않아서 다행이라고 생각했다.

"헉헉헉, 1등."

"헉헉헉, 2등."

메테와 루본스가 선배 용병들을 제치고 먼저 도착했다. 아무래도 젊으니 체력이 좋은 모양이었다. 그들은 양 무릎에 손을 대고 숨을 헐떡였다.

연이어 선배 용병들이 도착했다.

"아이고, 나 죽네."

"이건 사람이 할 짓이 아니야."

그들은 도착하자마자 뒤로 넘어져서 거칠게 숨을 쉬었다.

"이곳에 놀러 왔나! 모두 일어나!"

곤의 언성이 높아졌다.

용병들은 곤의 눈치를 보며 재빨리 일어났다.

"1, 2등 열외. 나머지는 다시 소나무 찍고 와."

곤의 말에 용병들의 얼굴은 하얗게 질렸다.

"더 멀리 할까?"

말이 끝나자마자 용병들은 젖 먹던 힘을 다해 뛸 수밖에 없었다.

"형님, 나 살아 있소?"

34세의 노총각 용병 닉소스가 덜덜 떨리는 손으로 아침을 먹었다. 팔에 힘이 하나도 들어가지 않았다.

"인마, 너나 나 죽었나 살았나 확인 좀 해주라."

닉소스보다 세 살이나 더 나이를 많이 먹은 용병 게론의 우람한 근육도 마구 떨렸다. 아침이 어떻게 지나갔는지도 모르겠다.

가장 놀라운 것은 이제 아침을 먹는다는 것이다. 아직 오후가 남아 있었다. 어떤 훈련이 기다리고 있을지 겁부터 났다.

오후에는 안드리안이 검술을 가르쳤다. 그녀는 A급 용병으로 유명하지만 이제껏 혼자서 의뢰를 받아왔다. 다른 용병들과 무리를 지은 적도 거의 없었다.

하나 그녀는 진을 짜서 싸우는 방법을 알고 있었다.

안드리안은 다섯 명씩 진을 짜게 했다. 만약 두 명이 사망하면 세 명으로 진을 짤 수 있게끔 유도했다. 그것에 대한 설명을 하고 진끼리 부딪치는 연습을 했다.

조금만 틀려도 그녀는 기합을 주었다.

용병들은 바닥을 쉴 새 없이 기었고 선착순을 밥 먹듯이 했다. 그들 인생에 이토록 긴 하루는 다시 없을 것이다.

진을 배우면 다음에는 개인 기술이었다. 안드리안은 한 명씩 맞춤식으로 가르쳐 주었다. 강함에 대한 갈망이 많았던 그들은 물을 빨아들이는 솜처럼 기술들을 습득해 갔다.

그렇게 일주일이란 시간이 지났다.

짧으면 짧다고 할 수 있는 시간이지만 용병들의 모습은 상당히 강인해져 있었다.

가장 먼저 눈빛이 달라졌다. 무엇이든 할 수 있다는 그런 눈빛이었다.

그들의 육체 또한 상당히 바뀌었다. 훈련 전에는 근육을 중시했던 반면 살도 많았다. 그러나 혹독한 훈련으로 인해 그들은 지방이 대부분 사라졌다. 그리고 꼭 써야 할 근육들이 고르게 발전했다.

더군다나 이번 훈련으로 인해서 대부분이 마나를 느꼈다. 아직 마나를 사용할 수 없지만 조금만 더 훈련을 한다면 언젠가 오러를 형체화할 수 있으리라.

"자, 그럼 오늘은 마지막 훈련이다. 모두 무기를 들고 씽과 대련을 한다."

곤이 말했다.

용병들의 눈빛이 반짝였다. 이제 그들은 일주일 전의 자신들이 아니었다.

누구에게도 지지 않을 것처럼 느껴졌다.

다섯 명의 용병들이 진을 짜서 씽을 포위했다. 씽은 그들을 보며 주먹을 쥐었다.

과연이란 생각이 들었다.

그 짧은 시간 동안 이토록 변모할 줄은 몰랐다.

"쉽게 무너지지 않을 겁니다."

진을 이끌고 있던 게론이 외쳤다. 그의 외침과 함께 다섯 명이 일제히 씽을 공격했다.

빠바바바박!

엄청난 연속타가 터졌다.

기세 좋게 덤벼들던 다섯 명의 용병들이 보기 좋게 뒤로 넘어갔다. 그들의 코에서 코피가 주르륵 흘렀다.

용병들의 눈에 맑은 하늘이 들어왔다. 언제 어떻게 당했는지 전혀 보이지 않았다.

"아직 멀었다."

씽의 날카로운 말이 비수가 되어 용병들의 가슴을 찔렀다. 강함이란 마약과 같아서 금방 중독이 된다. 훈련으로 강해졌다는 것을 알면 더욱 그것에 매진하게 된다.

지금의 용병들이 그러했다.

훈련이 끝난 후에도 용병들은 매일 밤 쉬지 않고 검을 휘둘렀다.

*　　　*　　　*

온천이 있는 산에서 떠난 지 삼 일이 지났다. 이미 세리포스 요새를 멀찌감치 돌아서 지나쳤다. 요새를 지나자 상당히 험한 산맥이 나타났다.

산맥의 중간에서는 만년설이 있는 산이 하늘을 향해서 우뚝 솟아 있었다. 그랑쥬리 산맥의 바빌라 고원만큼이나 높고 험난한 곳이었다.

"여긴 어디죠?"

곤이 안드리안에게 물었다.

"포칸 산맥. 3공화국 연합체 시야에서 시작되어 제국을 거쳐 아이크 왕국까지 걸쳐 있는 대륙 최대의 산맥이지. 수천 킬로미터도 넘을 거야."

수천 킬로미터? 곤이 알고 있는 아라사의 우랄 산맥보다 훨씬 길었다. 대륙이 얼마나 넓은지 아직도 짐작이 가지 않았다.

"대단하군요."

"이 산맥 덕분에 제국이 생길 수가 있었지. 동대륙의 왕국들은 서대륙을 치기 위해서는 반드시 이곳을 넘어야 하거든. 하지만 보다시피 험한 산새야. 산적들도, 몬스터들도 많지. 산을 넘기 전에 상당한 병력을 잃어."

곤은 고개를 끄덕였다. 천연의 방어지대라 할 수 있었다. 수만 명이 넘는 병력이 이곳을 한꺼번에 넘기란 엄청나게 어려운 일이었다. 혹여 산맥을 넘는다고 하더라도 지친 몸으로 적과 싸워서 이길 가능성은 무척 낮았다.

"그랑쥬리 정글만큼은 아니지만 이곳도 위험하기는 마찬가지야. 모두 조심해야 돼. 몬스터, 산적들이 우글거린다고."

다행히 길은 있었다. 마차 한 대가 간신히 지나칠 정도로 좁은 도로였다.

용병단은 사주경계를 하며 산을 올랐다. 길이 있다고 하지만 말도 제대로 다닐 수 없을 만큼 험했다.

"안드리안."

곤이 안드리안을 불렀다.

"응."

"점점 길이 나빠지는데 상인들이 이 길로 다니는 거예요? 도저히 마차가 지나칠 수 없을 것 같은데."

"마차를 가지고 이 길을 어떻게 가. 산 밑에 다른 길이 있어. 대신 무척이나 멀리 돌아가야 하지. 그런데 그곳에는 제국군이 경계를 서고 있기 때문에 조심할 필요가 있어."

이해가 된다.

제국도 동대륙과 상권을 형성하기 위해서는 넓은 도로가 반드시 필요했다. 이런 길로는 어림도 없었다. 그들은 마차가 다니기 편한 길을 만들었을 것이다.

험한 산길이지만 용병들은 거침없이 올라갔다. 전혀 지치지 않은 모습이었다. 훈련의 성과가 체력까지 월등하게 높였다.

메테나 루본스를 제외하고는 모두가 20대, 30대이기에 마나의 성취는 높지 않을 것이다. 하나, 꾸준히 훈련을 한다면 어느 정도 수준까지 올라갈 것이라 곤은 생각했다.

어느새 산 너머 해가 지려고 한다.

산의 밤은 평지보다 빠르게 온다. 기온 역시 가파르게 떨어졌다. 해기 지기 전에 야영할 곳은 찾아야 한다. 그렇지 않으

면 길을 잃고 헤매다가 육식동물이나 몬스터의 습격을 받을
수가 있었다.

"이만 가지."

안드리안이 곤에게 말했다. 곤은 고개를 저었다.

"조금만 더 가죠."

"왜?"

"이제 나타날 때가 됐거든요."

"그게 무슨 말이야?"

"아까부터 저희를 쫓는 날파리가 있습니다."

"정말이야?"

안드리안은 씽에게 고개를 돌려 물었다.

씽은 고개를 끄덕였다. 안드리안의 입이 삐죽거렸다. 곤과
씽이 느낀 것을 자신만 알아차리지 못했다. 어쩐지 기분이 나
빠졌다.

"너무 기분 나빠 하지 마세요. 안드리안도 같이 수련을 하다
보면 훨씬 더 기감이 발달하게 될 겁니다."

"홍, 어느 세월에. 병 주고 약 주지 마. 당신과 실력 차가 나
는 것 같아서 더 기분 나빠."

"실력의 차가 나다니요. 단장의 파괴력은 제가 아무리 용을
써도 따라가지 못합니다."

"입술에 침이나 바르고 그런 말을 하셔."

"정말입니다. 아, 왔다."

그때였다.

그들의 앞을 서른 명이 넘는 산적들이 가로막았다. 바위와 나무 뒤에서 몸을 숨기고 대기를 하고 있었던 모양이었다.

곤은 그들까지 눈치채지는 못했다. 대신 몸이 날랜 사내 하나가 용병단을 쫓아오기에 곧 산적이 나타나겠구나 예측을 했을 뿐이었다.

예상대로 산적들이 모습을 드러냈다.

"모두 거기 서!"

산적들은 활을 들어 용병들에게 향했다.

아무것도 모르고 있던 용병들이 일제히 멈췄다. 그들은 뒤를 따르던 안드리안과 곤을 바라봤다. 단장! 부단장! 어떻게 할까요? 라고 묻고 있는 눈빛이었다. 긴장한 기색이 역력하다.

안드리안은 어깨를 으쓱거렸다.

2m가 넘는 거구의 사내가 산적들 사이에서 나타났다. 팔의 근육이 보통 여자의 허리통만큼이나 두꺼웠다. 그는 산맥이 울려라 쩌렁쩌렁하게 소리쳤다.

"우리는 테보라 산을 점령하고 있는 의적단이다. 너희는 가진 것을 모두 내놓으라. 그러면 목숨만을 살려줘서 이곳을 벗어나게 해주겠다."

곤은 코웃음을 치고 말았다. 의적단이라면서 가진 것을 다 내놓으라고 하는 이유가 뭔지 모르겠다. 바른대로 산적이라고 말을 한다면 모를까.

"뭐라고 할까요?"

게론이 물었다.

리더로서 아직도 어설프다. 이제껏 수동적인 생활을 해왔던 그였기에 자신의 주관을 뚜렷하게 앞세우지 못했다.

이것은 경험을 쌓으면 자연스럽게 해소될 문제였다.

"알아서 해봐."

안드리안이 말했다.

"알아서 하다뇨?"

"우리는 일절 상관을 하지 않을 거야. 너희들이 알아서 저들을 상대해 보라고."

"하, 하지만."

게론의 얼굴 근육이 굳었다. 언제나 명령을 받던 입장이었다. 명령을 내려본 적은 용병단에서 신입이 들어왔을 때뿐이었다. 전투에서는 한 번도 한 적이 없었다.

난감했다.

당황하는 게론과는 다르게 곤은 용병들에게 있어 산적과의 전투가 머리가 깰 수 있는 절호의 기회라고 생각했다. 이들의 머릿속에는 복종과 낙오라는 단어가 항상 붙어 다녔다.

그 의식을 깨뜨려야 했다.

곤이 보기에 산적들은 강하지 않았다. 그들 역시 패배자다. 숫자가 적은 상인들을 약탈하고 민가를 습격해 자신들의 배만 불리는 놈들에 지나지 않았다.

이런 놈들은 약자에게 잔인하다.

그리고 강자에게 약하다.

정신만 바짝 차린다면 용병들에게 충분한 승산이 있었다.

곤과 씽, 안드리안이 팔짱을 낀 채 가만히 있자 게론은 어쩔 수 없다는 표정을 지었다. 단장과 부단장은 일절 끼어들 생각이 없어 보였다.

하지만 자신들이 위험하면 도와줄 것이라는 일말의 기대감도 없지 않았다.

허무하게 죽일 생각이었다면 그토록 힘들게 훈련을 시키지 않을 테니까.

"좋아, 우리끼리 하자."

게론은 용병들에게 말했다.

"우리끼리 어떻게?"

닉소스가 불안한 눈빛으로 물었다.

"배운 대로 하면 돼."

"배운 대로라."

"그래, 배운 대로. 모두 진을 짜라!"

용병들은 각조의 조장들을 쫓아 네 개의 진을 짰다. 어느 정도 모양새는 갖춰졌다.

"이 새끼들이 내 말이 안 들리나!"

미적거리고 있는 용병들을 보며 산적 두목이 소리쳤다. 목소리가 얼마나 큰지 산새들이 '푸드득' 거리며 놀라 하늘로 솟구쳤다.

"좋아! 방패를 앞으로!"

게론의 말에 용병들이 라운드 실드를 꺼내 들었다. 라운드 실드는 가볍고 크기가 작아 용병들이 애용하는 방패였다. 나무로 되어 있어 돈도 거의 들지 않았다.

별 볼 일 없어 보이는 모습에 비해 방어력은 준수했다.

산적 두목은 용병들이 싸우려 든다는 것을 알았다. 그는 입술을 비틀었다. 자신들은 산 길 위에 있었고 저들은 산 밑에 있었다.

전투에서는 높은 곳에 있는 병사가 낮은 곳에 있는 자들보다 훨씬 유리하다는 것은 세 살배기도 알았다.

"네놈들이 끝내 벌주를 마시는구나! 쏴라!"

산적 두목의 명령이 떨어졌다. 활을 들고 있던 산적들이 용병들을 향해서 화살을 쏘았다.

따다닥! 따다다닥!

화살이 날아와 라운드 실드를 때렸다. 콩 볶는 소리가 넓게 퍼졌다.

하지만 반 수 이상의 화살은 형편없는 곳으로 날아갔다. 제대로 된 궁술을 배우지 못한 전형적인 초보들의 솜씨였다. 산적들은 급히 화살을 재장전했다. 활을 많이 사용해 보지 않았는지 화살을 활시위에 거는 것도 어설펐다.

"지금이다. 전진!"

게론이 외쳤다.

용병들은 일사분란하게 산길을 뛰어올라갔다. 한 명이라도 자리에서 이탈하게 되면 위험도가 커진다. 그러나 그들은 숙련된 모습으로 빠르게 조장의 뒤를 쫓았다.

"쏴라!"

수십 발의 화살이 다시 날았다. 화살은 용병들의 머리 위로 떨어졌다. 가까워서인지 조금 전보다는 명중률이 나아졌다. 그럼에도 화살에 맞아 쓰러지는 용병은 없었다.

한두 명의 팔에 화살이 맞기는 했지만 전투력을 소실할 만큼 큰 상처는 아니었다.

양측의 거리가 빠르게 좁혀졌다. 전투 중에 산길을 올라가는 것은 상당한 체력을 소모하지만 혹독한 훈련을 쌓고 있는 용병들에게 이 정도의 거리는 아무것도 아니었다.

"충돌한다!"

게론의 외침과 함께 용병들은 어깨에 힘을 주며 어금니를 강하게 물었다.

쿠쿠쿵!

용병들과 산적들이 충돌했다. 용병들은 멧돼지처럼 산적을 들이받았다.

"크아아아악!"

"으아아아악!"

사내들의 비명이 터졌다. 십여 명이 충격을 견디지 못하고 바닥에 쓰러졌다.

쓰러진 자들은 대부분이 산적들이었다. 기본적인 체력과 힘에서 상대가 되지 않았다. 또한 설마 저들이 이곳까지 올까, 라는 방심이 산적들을 단숨에 무너지게 했다.

"죽여!"

단 한 번의 격돌로 용병들은 자신들이 얼마나 강해졌는지 알았다. 그들은 쓰러진 산적들을 향해서 검을 찔렀다. 산적들은 제대로 된 반항도 하지 못하고 즉사했다.

"뭐, 뭐냐. 모두 정신 차리지 못해!"

당황한 거구의 산적 두목이 미친 듯이 외쳤다.

그는 이곳에서 삼 년 전부터 터를 잡았다. 본래 제국군 정규 병사였지만 그를 괴롭히는 상관을 때려죽이고 탈영하여 산적이 된 것이다.

그는 타고난 완력을 바탕으로 산적들의 두목이 될 수 있었다. 상인들이 거느린 호위무사들도 그의 상대가 되지 않았다. 어지간한 무사들은 그의 앞에서 추풍낙엽처럼 쓰러졌다.

이렇게 산적들이 힘없이 무너진 적은 단 한 번도 없었다. 겨우 용병들 따위에게.

용병들은 무대포로 밀고 들어왔다. 다섯 명이 한 몸처럼 움직였다. 산적들이 휘두른 칼은 그들의 방패를 뚫지 못했다. 그대로 튕겨져 나온다. 그 순간을 틈타 용병들은 검을 찔러 넣었다.

푹!

다시 한 명의 산적이 목숨을 잃었다.

네 개의 진은 휘몰아치듯이 좁은 산길을 들쑤시고 다녔다.

"으아아악! 두목, 도망쳐야 합니다. 이기지 못합니다."

들리는 비명은 모두 산적들의 것이었다. 처음에는 용병들보다 열 명 이상이 많았지만 지금은 다섯 명 정도밖에 남아 있지 않았다.

완벽한 패배였다.

"이 개새끼들이!"

흥분한 산적 두목은 메이스를 휘둘렀다. 메이스는 타격 무기 중에서도 월등한 파괴력을 자랑한다.

특히 거구의 산적 두목이 메이스를 붕붕 돌리자 그 파괴력은 배가 되었다.

쾅! 쾅!

선두에 섰던 용병들의 라운드 실드가 박살이 났다. 용병들이 충격을 이기지 못하고 옆으로 튕겨져 나갔다. 충격이 큰지 용병들은 비틀거리며 일어나지 못했다. 확실히 타의 추종을 불허하는 힘이었다.

쾅! 쾅!

방패가 쪼개지고 검들이 반으로 부러졌다. 그 충격파로 용병들이 날아갔다.

단 한 명에게 한 개 조가 와해됐다. 쓰러진 용병들이 신음을 흘렸다. 다행히도 죽은 자는 없었다.

"배운 대로 해! 배운 대로. 진형을 흩뜨리지 마! 옆으로 돌아!"

게론의 말에 용병들은 산적 두목을 포위한 채 옆으로 빙글빙글 돌았다. 워낙 빠르게 돌자 산적 두목도 그들을 맞추기가 어려웠다. 마구 휘두른 메이스가 용병들의 머리를 아슬아슬하게 스치고 지나쳤다.

게론의 조에 속해 있는 메테와 루본스의 등줄기에서 식은땀이 줄줄 흘러내렸다.

"지금이다. 찔러!"

게론이 산적 두목의 혼을 빼는 동안 메테와 루본스가 뒤로 돌아갔다. 그들은 동시에 검을 찔렀다. 뒤통수에 눈이 없는 이상 그들의 공격을 막기가 쉽지 않았다.

푹! 푹!

메테와 루본스의 검이 산적 두목의 등을 뚫고 들어갔다.

"크아아아악!"

광분한 산적 두목이 미친 듯이 메이스를 휘둘렀다. 머리 위에서 풍압이 느껴질 정도였다. 그렇지만 그의 힘이 빠지고 있다는 것이 느껴졌다.

"다시 한 번!"

이번에는 세 명이 동시에 검을 찔렀다. 하나는 옆구리에, 다른 하나는 허벅지에, 마지막 검은 배를 뚫었다.

"커커커커컥!"

오거처럼 날뛰던 산적 두목의 두 눈이 획 뒤집혔다. 그는 전신을 부들부들 떨었다. 그럼에도 메이스를 손에서 놓지 않았다. 아니, 더욱 광폭하게 메이스를 휘둘렀다.

"떨어져. 마지막 발악이다!"

게론의 말에 용병들이 한 발씩 뒤로 물러났다. 산적 두목은 메이스만 휘두를 뿐 용병들을 쫓지 못했다.

이윽고 그의 손에 들고 있던 메이스가 '쿵' 소리를 내며 바닥에 떨어졌다. 산적 두목은 무릎을 꿇었다.

산적 두목 역시 숨이 끊어졌는지 더 이상 움직이지 않았다.

용병들은 서로의 얼굴을 쳐다봤다. 조금 전까지 두려움이 가슴을 가득 채우고 있었지만 어느새 그런 감정은 하늘 높이 사라져 버렸다.

"이겼다! 이겼어!"

용병들은 서로를 부둥켜 안고는 만세를 불렀다. 비록 별 볼일 없는 산적과의 전투였지만 그들의 손으로 직접 이룬 첫 승리였다.

어찌 기쁘지 않을 수가 있겠는가.

그들을 바라보던 곤은 미소를 지었다.

"봐. 하면 되잖아, 하면."

Chapter 7. 방심의 대가

흉폭의 용병단은 산적들의 무기를 압수한 후 시체를 땅에
묻었다.

네 명의 용병들이 부상을 당하기는 했지만 큰 상처는 아니
었다. 며칠 지나면 자연적으로 나을 정도였다.

산적들은 산적 두목을 비롯해 대부분이 죽었다. 몇몇 생존
자가 남아 있었지만 그들도 큰 부상으로 인해 오래 살지 못할
듯싶었다.

용병들은 확인 사살을 하려고 하였다. 그러자 그들은 눈물
까지 뚝뚝 흘리며 빌었다.

부모님이 살아 계시다느니, 자식들이 열두 명이나 있다는
거짓말로. 그것이 통하지 않자 자신들의 산채에 대해서 미주

알고주알 털어놓았다.

놓아주기만 한다면 산채의 위치를 가르쳐 주겠다고. 그곳에는 상당한 금은보화가 있으며 노예로 잡혀온 아리따운 소녀들이 가득하다고 하였다.

곤은 피붙이와 같은 코일코가 노예로 잡혀갔다. 그렇기에 노예에 대해서는 무척 민감했다. 그는 산채의 위치를 가르쳐 주지 않으면 즉시 사살하겠다고 위협했다.

산적들은 살려주면 가르쳐 주겠다고 버텼다. 곤은 자신의 명예를 걸고 알았다고 대답했다. 산적들은 안도하며 산채의 위치를 가르쳐 주었다.

그들은 심한 상처를 입은 채 곤에게 연신 고맙다는 인사를 하며 자리에서 이탈했다.

하지만 산적들은 가족들의 품으로 돌아가지 못했다. 그들은 갑자기 나타난 복면을 쓴 자들의 검에 찔려 죽고 말았다. 산적들은 억울한 듯이 누구냐고 물었지만 복면을 쓴 자들은 가르쳐 주지 않았다.

＊　　＊　　＊

테보라 산은 제국으로 넘어가는 마지막 관문답게 상당히 거칠고 가팔랐다. 산길을 잘 알고 있는 레인저나 약초꾼들이 아니라면 길을 잃기 십상이었다.

산채로 가는 길은 지능적으로 만들어놨다. 산적들이 제대로

된 길을 가르쳐 줬기에 다행이지 안 그랬다면 용병들은 모두
이곳에서 헤매고 있었을 것이다.

쏴아아아악—

거대한 폭포가 나타났다. 높이만 무려 50m 이상이다. 워낙
물결이 세서 휘말려 내려가면 뼈도 추리지 못할 듯했다.

"이곳으로 가란 말이지."

길이 끝난 낭떠러지에서 곤은 풀쩍 뛰어넘어 폭포 안으로
뛰어 들어갔다.

용병들은 깜짝 놀랐다. 좁은 산길은 완전히 끝나 있었다. 그
들의 얼굴로 세찬 물살이 튀었다. 바로 밑은 낭떠러지였다. 보
통 사람들은 길이 끝났다고 생각할 것이다.

그래서 용병들은 설마 곤이 폭포 안으로 뛰어들지는 상상도
하지 못했다.

"자, 뭐해. 어서들 가지 않고."

안드리안과 씽도 망설임 없이 폭포 안으로 뛰어들었다.

"으아, 이걸 어쩌지."

루본스의 목에서 마른침이 넘어갔다. 아래만 봐도 다리가
후들후들 떨렸다. 겨우 1m 간격이지만 어지간한 담력이 없으
면 절대로 발을 뗄 수가 없었다.

"자, 비켜봐. 내가 먼저 가지."

용병들의 리더인 게론이 앞으로 나섰다.

사람은 좀처럼 변하지 않는다. 하지만 단 한 번의 기회가 터
닝 포인트가 될 때가 있었다. 게론에게 그것은 첫 전투의 승리

였다.

인간에게 자신감과 자존감은 무척이나 중요하다. 그것을 갖췄을 때 인간은 무엇이든 해낼 수 있다는 추진력을 얻는다.

지금의 게론이 그러했다.

그는 나이로서의 리더가 아닌 진정한 리더로서의 첫 발자국을 뗀 셈이었다.

게론은 까마득한 절벽 밑을 바라봤다. 절벽 끝에는 물보라가 심하게 휘돌고 있었다. 그는 심호흡을 한 후 단숨에 낭떠러지를 건너뛰었다. 그의 단단한 육체가 폭포 속으로 사라졌다.

게론이 폭포 안으로 들어가자 곤과 씽, 안드리안이 빙그레 웃으며 그를 맞이했다.

"당신이 가장 먼저 올 거라 생각했어."

곤이 말했다.

"아, 네, 뭐."

게론은 쑥스럽게 뒷머리를 긁적거렸다.

동굴 안에는 널찍한 공터가 있었다. 안쪽은 어두웠지만 바람이 불어오는 것으로 보아 길이 있는 모양이었다. 게론은 폭포 밖을 향해서 소리쳤다.

"이쪽에 길이 있다. 모두 넘어 와."

그제야 용병들이 한두 명씩 폭포를 넘어왔다.

"으아아, 난 못 가. 미안해. 정말 못 가겠어."

고소공포증이 심한 브리스가 속을 썩였다. 용병들이 '넌 할 수 있어', '못하면 병신이야', '겨우 이 정도도 못해?' 라며 욕설과 회유를 같이 시도했다.

하지만 브리스는 벽에 손을 댄 채 꿈쩍도 하지 못했다. 스무 살이나 된 놈이 금방이라도 바지에 오줌을 쌀 듯했다.

"넘어 와."

브리스의 귀에 곤의 목소리가 들렸다. 그의 목소리를 듣자 자신도 모르게 몸이 부르르 떨렸다.

"셋을 세지. 만약 넘어오지 않으면 넌 낙오야. 우리가 가야 할 길은 이것보다 열 배, 아니, 백 배는 어렵다. 차라리 지금 고향으로 돌아가서 발이나 닦고 잠이나 자."

"시, 싫습니다."

"그럼 너의 의지를 보여봐."

브리스는 뛰려고 했지만 다리에 힘이 들어가지 않았다. 다시 실패했다. 이빨이 위아래로 딱딱 부딪쳤다. 숨도 제대로 쉬어지지 않았다.

"못 뛰겠나?"

"뛰, 뛸 수 있습니다."

"그럼 셋을 세지. 하나, 둘, 셋!"

"이이익."

브리스는 젖 먹던 힘을 다해 뛰었다. 하지만 다리에 힘이 갑자기 풀렸다. 어린아이도 충분히 뛸 수 있는 거리지만 그에게는 닿지 않는 너무 먼 거리였다.

"으아아아악!"

브리스는 양손을 휘둘렀다. 그의 몸이 중력에 의해 밑으로 당겨졌다. 휘몰아치는 물보라 속으로……

덥석!

그때 곤의 손이 폭포 속으로 빠져나와 브리스의 팔목을 잡았다. 단숨에 끌어 올렸다. 폭포 안으로 들어온 브리스는 심하게 기침을 했다.

"헉헉헉, 나 살아 있는 건가."

곤은 그런 브리스를 보며 피식 웃었다.

"잘 들어. 세상에는 이것보다 두려운 일이 얼마든지 많고 쌓였다. 그것을 이겨내는 것은 여기."

그는 심장을 가리켰다.

"용기다. 첫발을 내딛는 용기가 필요하다. 그리고 동료를 믿어라. 믿을 수 있는 동료가 너희의 목숨을 지켜줄 것이다."

지겹도록 들어본 말이었다. 하지만 다른 때와 다르게 곤의 말은 용병들의 마음에 깊이 와 닿았다.

"알겠습니다."

"가자."

곤과 씽, 안드리안이 앞장서서 동굴 안쪽으로 걸었다. 얼굴이 한결 밝아진 용병들은 그들의 뒤를 쫓았다.

*　　　*　　　*

"이야, 이런 곳에 산채를 지어놓다니, 산적들도 머리 잘 썼는걸."

안드리안이 감탄했다.

폭포가 끝나는 지점은 테보라 산의 골짜기였다. 양쪽 절벽
의 끝이 보이지 않을 정도로 까마득하다. 입구는 폭포로 나 있
는 길 하나였다.

소수의 병력들이 숨기에는 천연의 요새나 마찬가지였다.

산채는 대략 스무 채나 되었지만 사람들은 거의 보이지 않
았다.

"어쩌지?"

안드리안이 곤에게 물었다.

"산적들이 남아 있을 겁니다."

"밤이 될 때까지 기다릴까?"

"그럴 필요는 없습니다. 펑펑!"

"예압!"

펑펑이 나타나 곤의 어깨에 앉았다.

"산적들의 숫자 좀 파악해 줄래?"

"헐, 가끔 불러내면 이런 거에만 날 써먹는구만, 주인!"

"내가 할 수 없는 거잖니. 코일코를 찾고 나면 실컷 놀아줄
게."

"흠, 그렇지. 주인의 큰 덩치 가지고는 어렵지. 알았어, 잠깐
만 기다려."

의외로 펑펑은 쉽게 곤의 말에 넘어갔다.

그녀는 가볍게 날아올라 두 쌍의 날개를 펄럭이며 산채를
향해서 날아갔다.

정령을 믿지 않는 자들에게는 평평이 보이지 않는다. 이제 껏 대다수의 인간들이 평평을 보지 못했다.

산적들이 그녀를 발견할 확률은 지극히 희박했다.

그런데…….

"으아아악! 이거 뭐야. 인간을 닮은 날벌레가 나타났어."

"잡아! 잡아서 죽여!"

산채에서 희한한 소리가 들렸다. 골짜기이기에 산적들의 목소리가 더욱 크게 울렸다.

평평은 헐레벌떡이며 곤에게 날아왔다.

"니미, 죽을 뻔했다. 저 인간들 나를 봤어."

"음."

다시 말하지만 대다수의 인간이 평평을 보지 못한다는 것이지 다는 아니었다.

"몇 명이나 돼?"

"저 산채에 다섯 명. 모두 술을 마시고 있어. 그리고 저 산채에 세 명. 어린 소녀들을 겁탈하려고 해."

평평은 손가락으로 산채 두 개를 찍었다.

"다른 곳은?"

"없어. 아, 저쪽 감옥에 상당히 많은 숫자의 사람들이 잡혀 있어. 스무 명도 넘겠던걸. 모두 여자야."

곤은 고개를 끄덕였다.

술을 마시는 자들은 용병들이 처리하면 된다. 하지만 소녀들을 겁탈하려는 놈들은 직접 처리하기로 했다. 아직 용병들의 미숙한 솜씨로는 소녀들이 다칠 위험이 있었다.

"확실하게 하자."

"넵."

지시를 내린 용병들이 산채로 조용히 스며들었다. 곤과 씽, 안드리안은 같이 움직였다. 산채로 내려온 후 그들은 두 방향으로 나뉘었다.

햇빛이 들지 않은 곳에 산채를 지어서인지 땅이 누졌다. 온통 진흙 바닥이었다. 다리에 힘이 붙지 않았다면 이동하기가 쉽지 않았을 것이다.

용병들은 산적들이 술을 마시는 산채 근처까지 접근했다. 산적들의 목소리가 문밖으로 흘러나왔다. 한창 자신들의 무용담을 얘기하는 중이었다. 어떤 놈은 기사 두 명의 목을 잘랐다고 말한다.

닉소스는 비릿하게 웃었다.

자식, 뻥도 정도껏 쳐야지.

스무 명이나 되는 용병들이 빈틈없이 집을 에워쌌지만 산적들은 전혀 낌새도 채지 못했다.

이럴 때는 동시에 몰아치는 것보다 약간의 시간차를 두는 것이 용이하다고 안드리안에게 배웠다.

게론이 세 개의 손가락을 폈다. 하나를 접었다.

둘.

다시 하나를 접었다.

하나.

마지막 하나를 접었다.

돌입!

덩치가 가장 큰 루본스가 산채의 문을 발로 차며 안으로 들어갔다. 술을 마시던 산적들이 깜짝 놀라 의자에서 일어났다.

"뭐, 뭐야, 너희들."

술을 많이 마셨는지 그들의 눈이 모두 풀려 있었다. 그들은 게슴츠레 용병들을 바라봤다. 상황의 심각성을 전혀 인지하지 못하고 있었다.

"뭐긴, 새끼들아. 너희 잡으러 온 용병님들이시다."

루본스가 투핸드 소드를 휘둘렀다. 가장 근처에 있던 산적의 팔이 잘렸다. 팔이 잘려 나가자 엄청난 피가 뿜어져 벽면을 적셨다.

"으아아악!"

놀란 산적들이 자신들의 무기를 찾기 위해 더듬거렸다. 한 명은 검을 집다가 다리가 꼬여 넘어지기도 했다.

용병들은 그런 산적들을 비웃었다.

와장창—

창문을 뚫고 용병들이 사방에서 들이닥쳤다. 그들은 가차 없이 산적들의 목을 베었다.

전투라고 할 것도 없었다. 산적들은 일시에 진압이 되었다.

살아남은 자는 팔이 잘린 산적뿐이었다. 그는 술이 깨는지 벌벌 떨며 무릎을 꿇고 살려달라고 빌었다.

게론은 무릎을 꿇고 있는 산적의 목을 잘랐다.

안드리안과 씽, 곤도 다른 산채에 접근했다.

창문 사이로 슬쩍 안을 보았다. 어린 소녀들이 발가벗은 채 바들바들 떨고 있었다. 한눈에 봐도 이제 갓 열 살이 넘은 어린 소녀들이었다.

그녀들을 겁탈하기 위해 세 명의 건장한 중년 사내들이 침을 질질 흘렸다. 산적들도 모두 옷을 벗었다. '흐흐흐, 정말 미치겠군. 그렇게 울지만 말고 이리들 와. 금방 뿅 가게 해줄 테니까' 라는 더러운 말을 함부로 내뱉었다.

짜증이 솟구쳤다.

곤은 씽과 안드리안에게 고개를 끄덕였다. 눈빛만 보아도 서로가 어떻게 행동을 해야 하는지 알고 있었다. 그들은 동시에 움직였다.

쾅!

문을 벌컥 연 곤은 중앙에 있던 사내의 머리에 손도끼를 날렸다.

빡!

사내는 뒤를 돌아보다가 손도끼를 맞았다. 옆머리가 박살이 난 채 그대로 쓰러졌다.

다른 두 사내도 창문을 깨고 들어온 씽과 안드리안에게 제압이 되었다. 아니, 살해됐다.

특히 씽에게 당한 산적의 시체는 형체를 알아볼 수 없을 정도로 뭉개졌다.

"아아아악!"

충격적인 장면을 목격한 어린 소녀들의 입에서 절규가 터졌다.

어리지만 잔인한 경험을 했던 그녀들이었다. 부모와 오빠들이 산적들에게 살해되어 이곳에 끌려왔다. 하지만 인간이 저렇게 분해될 수 있다는 것은 두 눈으로 처음 보았다.

소녀들은 악마라도 본 것처럼 경기를 일으켰다. 그녀들을 다독이는 데는 한참의 시간이 흘러야 했다.

*   *   *

구출한 여인들은 모두 스물두 명이었다. 그녀들은 용병들에게 감사의 의사를 표했다. 하지만 눈빛은 그러지 아니했다. 아직 의심을 풀지 않았다.

고삐가 풀린 용병들이 어떻게 변하는지 그녀들도 잘 알고 있었다. 특히, 전쟁에서 패하고 도주하는 용병들이라면 산적들보다 더욱 위험했다.

그렇기에 그녀들은 의심을 풀 수 없었다. 그녀들의 의심을 풀어줄 수 있는 사람은 같은 여성인 안드리안뿐이었다.

용병들은 안드리안의 주문에 따라 멀찌감치 떨어져서 산채를 뒤졌다. 그녀는 돈이 되는 모든 것을 하나도 남김없이 모으라고 명령했다.

용병들은 신이 나서 산채를 약탈했다. 어차피 아무도 없으니 거리낄 것도 없었다.

"이상한데."

조금 떨어진 곳에서 여인들을 지켜보고 있던 곤은 의아한 마음이 들었다.

"뭐가 말입니까?"

씽이 물었다.

"가까이서는 몰랐는데……."

"네."

"멀리서 보니까 알겠군. 여인들이 한 여인을 보호하듯 서 있어."

곤의 말에 씽은 여인들을 다시 한 번 보았다. 모두가 겁을 먹은 표정인 줄 알았는데 그게 아닌 듯 했다. 뭔가를 지키려는 결연의 의지가 엿보였다.

"그렇네요. 어쩔까요? 가서 물어볼까요?"

"물어보긴 뭘 물어봐. 저들이 네, 저희는 누구누구입니다, 하고 제대로 대답을 해줄 것 같아? 자신들의 목숨이 달려 있는데 어림 반 푼어치도 없는 소리지."

"그럼?"

"우리에겐 펑펑이 있잖아. 저녁이 되길 기다려 보자고."

곤의 말에 씽은 고개를 끄덕였다.

여인들은 가장 큰 산채를 쓰도록 하였다. 곳간을 열어 그녀들을 배불리 먹였다. 날이 밝으면 이곳에서 나가게 해주겠다는 약조도 하였다.

그제야 그녀들은 안심한 표정이었다.

용병들은 여인들이 사용하는 산채와 조금 떨어진 곳에서 하루를 보낼 생각이다.

워낙 말소리의 울림이 심한 곳이라 산채가 가까우면 서로의 목소리가 들릴 위험이 있었다.

용병들은 모두 한자리에 모여 있었다. 산채 중앙에 모닥불을 놓아 몸을 녹였다.

골짜기라 밤이 되면 기온이 급하락한다. 그래서인지 각각의 산채 중앙에는 난방을 할 수 있게끔 모닥불을 놓을 수 있는 자리가 마련되어 있었다.

용병들은 오랜만에 제대로 된 음식을 먹는다. 낮에는 행군을 하고 저녁에는 훈련을 하느라 시간이 없어 사냥을 하지 못했다.

오직 소믈린에서 값 비싸게 사온 육포만을 먹었을 뿐이었다.

산적들의 창고에는 음식이 가득 쌓여 있었고 용병들은 마음껏 포식했다.

곤은 술도 허락했다.

용병들은 환호했다.

용병들답게 시끄럽게 떠들며 술과 음식을 먹었다. 노예로 잡혀 있던 몇몇 여인들이 감사의 답례로 그들에게 술과 안주를 만들어 가져다주었다.

용병들은 '뭘 다 이런 것을. 감사합니다' 라고 말하며 즐거

위했다.

곤과 씽, 안드리안도 술을 마셨다. 알갱이가 남아 있는 거친 밀주지만 오랜만에 마시니 나쁘지 않았다. 그들은 주거니 받거니 한 잔씩 들이켰다.

"어라, 씽. 너 술이 약한가 보네."

안드리안은 신기한 듯 씽을 바라봤다. 비록 동생과 같은 아이지만 너무 무뚝뚝했다. 다른 용병들에게는 냉기가 풀풀 풍길 만큼 냉정했다.

또한 손속의 잔인함은 타의추종을 불허한다. 그렇기에 가까이 다가가기가 어려운 면이 있었다. 용병들은 아예 말을 붙이지 못했다.

"술… 처음 마셔봅니다."

씽의 혀가 꼬였다. 눈동자도 붉어졌다. 조금씩 풀리고 있었다.

이런 모습은 처음이었다. 그런 씽의 모습이 곤과 안드리안은 재밌었다.

"이상하네요, 술이라는 것은. 머리가 어질어질하고, 앞이 잘 안 보이고, 졸음이 오고……."

"원래 술이라는 것이 그렇지."

"잘래요."

씽이 풀썩 쓰러졌다. 그는 안드리안의 무릎을 베고는 새근새근 잠이 들었다.

안드리안은 씽의 볼을 손가락으로 콕 찍었다.

"이야, 이 자식, 꽤 귀여운데?"

"응, 그런 면이 있지."

곤은 씽의 어렸을 적 모습을 기억한다. 아직 새끼티를 벗어나지 못했던 씽은 곤의 말에 자주 토라지고는 했었다. 그랬던 씽이 저렇게 자랐다.

"뭣들 하고 있어? 이야, 나 없는 동안 술 파티가 벌어졌네? 젠장, 주인, 나만 일 시키고 이래도 되는 거야!?"

펑펑이 창문 사이로 날아들었다.

"너도 마실래?"

"응, 조금만 줘봐."

참 신기하다. 정령도 술을 마시다니.

곤은 입가에 미소를 짓고는 스푼에 약간의 술을 따라서 펑펑에게 주었다. 비록 스푼이지만 펑펑이 먹기에는 많은 양이었다. 펑펑은 스푼을 양쪽으로 잡은 다음 벌컥벌컥 마셨다.

"캬! 좋다. 커어억."

얼씨구, 트림까지 한다.

"그래, 갔던 일은 어떻게 됐어?"

"잠시만 한 잔만 더 줘. 한 잔만 더 먹고."

펑펑은 세 잔을 내리 더 먹고서는 곤의 궁금증을 풀어주었다.

그녀의 말을 들으면서 곤과 안드리안의 얼굴이 점점 딱딱하게 굳었다. 특히 여인들 중에서 제국 백작의 영애가 있다는 소리에 소스라치게 놀랐다.

"제대로 들은 거야? 겨우 산적들에게 귀족에 영애가 잡혀
오다니 말이 안 되잖아."

안드리안이 펑펑에게 되물었다. 곤도 그녀와 똑같은 의문을
느꼈다.

제국의 귀족은 다른 왕국의 귀족들과 위세부터 다르다. 제
국의 남작이라면 작은 왕국의 백작과도 맞먹는 권력을 행사할
수가 있었다.

그런데…….

백작의 영애라고?

아무리 생각해도 말이 되지 않았다.

"내가 거짓말을 했다는 거야? 딸꾹, 아이고, 이거 취하네."

펑펑의 혀가 꼬였다. 그녀는 곤의 볼을 잡고 마구 흔들었다.

주인인데…….

정령의 주사는 곤이 처음 겪어봤을 것이다.

"어떻게 납치됐는지 알아?"

"몰라. 씨펄, 궁금하면 주인이 직접 가서 물어봐. 아, 졸려.
나 잘 테니까 깨우지 마."

펑펑은 곤의 어깨에서 잠들었다. 곤은 그런 펑펑을 보며 피
식 웃었다.

"이것 참, 웃어야 할지 울어야 할지. 이상한 곳에서 일이 꼬
이네. 납치된 여자들만 무사히 돌려주고 제국의 수도로 가려
고 했더니."

안드리안은 술을 목구멍으로 넘기며 혀를 찼다.

곤은 고개를 끄덕였다.

뭔가 꼬이는 느낌이 분명히 들었다. 제국의 귀족 영애. 그녀와 같이 있는 것만으로도 곤은 위기에 처할 수가 있었다. 하루 빨리 포로로 잡힌 여인들을 데려다주고 헤어지는 것이 나을 듯했다.

곤과 안드리안은 새벽이 올 때까지 주거니 받거니 술을 마셨다.

그들이 잠이 들 때쯤 용병들도 술이 떡이 되어서 코를 골며 쓰러졌다.

＊　　　＊　　　＊

"으으윽."

머리가 깨질 것 같았다.

하긴 그렇게 술을 마셔댔으니 머리가 아프지 않다는 것은 거짓말일 것이다.

그렇다고 하더라도 너무 머리가 아팠다. 뇌가 좌우로 흔들리는 느낌이랄까.

"우에에엑!"

용병들이 속에 있는 것을 게워내는 소리가 들렸다. 밀주가 이렇게 독했던가?

곤은 술이 강한 편이다.

한 번도 기억이 끊긴 적이 없었다. 하지만 어제는 잘 기억이

나지 않았다. 마지막으로 기억하는 것은 안드리안과 동이 틀 때까지 술을 마시던 것이다. 언제 잠이 들었는지도 모르겠다.

떠지지 않는 눈꺼풀을 억지로 밀어냈다.

이건 또 뭐야?

곤의 눈이 커졌다.

그는 산채 밖 질퍽이는 진흙 바닥에 있었다. 팔목과 발목이 단단히 묶여 있는 채였다.

안드리안과 씽도 마찬가지였다. 씽은 아직도 정신을 차리지 못했다. 용병들도 정신을 차리지 못하고 앓는 소리만 했다.

그는 주변을 훑었다. 주변이 어수선했다. 검을 찬 기사들이 잔뜩 보였다.

쌔한 느낌이 들었다. 뭔가 크게 잘못되었다.

역시나.

붉은색 플레이트 메일을 입은 기사들이 용병들을 굴비 엮듯이 묶어서 하나씩 끌어냈다. 밖으로 끌려 나오면서도 용병들은 정신을 차리지 못했다.

기사들 사이로 여인들이 섞여 있었다. 개중에 용병들에게 술을 가져다준 여인들도 보였다.

'아차' 싶었다.

너무 안일했다.

자신들은 그녀들을 구해줬다고만 생각했지 저들은 그렇게 받아들이지 않을 수도 있다는 것은 생각지 못했다.

내공을 움직여 봤지만 움직이지 않는다. 곤은 독에 대한 내성이 강하다. 그래서 어지간한 독에는 중독이 되지 않았다. 그러나 지금 그는 내공을 움직이지 못했다.

술에는 전신을 마취시키는 독이 아니라 약이 들어 있었던 것이다.

당했다.

곤은 자신의 어리석음을 탓했다.

"아버지!"

여인들 중에 한 명이 기사들의 앞으로 뛰어갔다. 기사들 중에서도 가장 고급 갑옷을 입은 중년의 사내가 앞으로 나가 그 여인을 안았다.

"메딜라, 오, 무사했구나. 신이시여, 감사합니다."

"아버지가 저를 구하러 오실 줄 알았답니다."

두 부녀는 한참이나 그렇게 서로를 끌어안고 있었다. 잠시 메딜라의 안전을 확인한 중년의 기사가 용병들 앞으로 다가왔다.

중년이지만 굉장히 잘생겼다. 황금으로 빛나는 머릿결이 바람에 날려 부드럽게 넘어갔다.

"너희들이 정녕 미쳤구나. 간이 배 밖으로 나오지 않고서야 어찌 감히 나 다니엘의 딸을 납치할 생각을 했을까. 나에게 몸값이라도 요구할 셈이었더냐."

언제? 누가 누굴 납치해?

오해였다.

말을 하고 싶지만 혀가 굳어서 움직이지 않았다.

"잔학무도한 것들! 너희들은 이 세상에 존재해서는 안 될 것들이다! 죽어라!"

다니엘 백작은 꽤나 화가 나 있는 상태였다. 하긴 오매불망 키웠던 딸이 산적들에게 납치가 되어 죽다 살아났으니 화가 나지 않으면 이상했다.

그래도 이건 아니었다.

다니엘 백작의 기사들이 검을 빼 들었다. 그들은 용병들의 목을 치기 위해 다가왔다.

정신을 어느 정도 차린 용병들은 기겁했다. 자다가 졸지에 목이 잘릴 판이었다.

곤은 다리를 들었다. 조금만 움직였을 뿐인데도 바들바들 떨렸다.

그는 씽의 등을 있는 힘껏 걷어찼다. 씽은 일행 중에 가장 막대한 마나를 보유했다. 그라면 밧줄을 끊고 어제 벌어진 상황에 대해서 설명을 할 수 있으리라 여겼다.

하지만 씽은 움직이지 않았다. 속이 안 좋은지 누운 채로 연신 속에 있는 것을 토해냈다.

토하고 나서 정신은 차렸는지 곤을 향한 눈빛은 '도저히 움직이지 못하겠어요' 라고 애절하게 말을 하고 있었다.

망했다.

기사들이 점점 다가왔다.

제아무리 곤이라고 하더라도 지금의 상황에서 할 수 있는 일은 아무것도 없었다.

"잠깐만요."

메딜라가 다니엘의 앞을 막아섰다.

"왜 그러느냐?"

"잠시만 기다려 보세요. 산적들은 저 사람들이 처리한 거예요. 산적들이 아니고요."

"산적들이 아니라고?"

"네."

"그럼 저들은 무엇이냐?"

"용병들 같아요. 아니면 탈영병이든지. 그게 무엇이든 상관은 없어요. 어쨌든 저들은 어제 저희를 구해줬어요."

"음."

메딜라는 어제 벌어진 일에 대해서 자초지종을 설명했다. 그녀의 이야기를 들은 다니엘 백작은 의구심이 가득한 눈으로 용병들을 바라봤다.

"일단 감옥에 처넣어라. 한 놈씩 신문하여 정체를 밝혀야 한다."

용병들은 산적들이 만들어 놓은 감옥에 처박히는 신세가 되고 말았다.

그래도 일단 살았다.

＊　　　＊　　　＊

산채 안에는 다니엘 백작과 그의 딸인 메딜라가 앉아 있었다. 그들이 앉은 탁자 중앙에는 촛불이 넘실거렸다. 다니엘 백작의 기사들이 산채 밖을 삼엄하게 경계했다.

"산적들이 너를 납치한 것이 맞느냐?"

다니엘 백작이 물었다.

"그럴 리가 있겠어요. 겨우 산적 따위가 백작가의 영애를 납치한다고요? 어림도 없는 소리죠."

메딜라는 입술 끝을 비틀었다. 비록 여인의 몸이지만 총명한 두뇌로 다니엘의 촛불이라고 불렸다. 그만큼 뛰어난 두뇌를 자랑했다.

하지만 그녀는 미처 방비도 하기 전에 산적들에게 납치를 당하고 말았다. 다니엘 백작도 이해할 수 없었고 메딜라도 믿기지 않았다.

"짐작이 가는 곳이 있나 보구나."

"당연하죠. 산적들은 보수파 놈들의 사주를 받았어요. 그렇지 않고서야 그토록 절묘한 타이밍에 저를 습격할 리가 없죠."

다니엘 백작은 같은 생각이라는 듯 고개를 끄덕였다.

"그럼 너를 구해줬다는 저들은?"

뜬금없이 이 일에 끼어든 용병들이 이해가 되듯 다니엘 백작이 딸에게 물었다.

"예상 밖의 인물들이에요. 하지만 뭔가 꿍꿍이가 있다는 것은 확실해요."

"아무래도 그렇지. 백작가의 영애가 산적들에게 납치가 되어 있다는 것은 극비 중의 극비 사항이야. 용병들 따위가 그런 중요 정보를 알아낼 리가 없지."

"저도 같은 생각이에요."

"그럼 어떡할까?"

메딜라는 어깨를 으쓱 거리며 빙그레 미소를 지었다. 치명적으로 아름다운 웃음이었다.

"저들의 입으로 자신들이 누군지 실토하게 만들어야지요. 어떤 꿍꿍이가 있는지, 누구의 사주를 받았는지. 모든 것을요."

"그거면 될까?"

"그럴 리가요. 백작가의 영애가 납치되었다는 사실을 아는 사람들은 적을수록 좋습니다. 아버님 명예에 누가 되니까요."

"그 말은……."

"네, 하찮은 용병들 따위 몇 명 없어진다고 해서 세상이 바뀌는 것은 아닐 겁니다."

＊　　　＊　　　＊

한참이나 지나서야 마비가 풀렸다. 확실히 독은 아니었다. 내공도 돌아오고 정신도 말짱해졌다. 이 정도라면 얼마든지 감옥을 부수고 밖으로 나갈 수 있었다.

"아오, 미치겠네. 이게 도대체 어떻게 된 일이야."

안드리안이 머리를 감싸 쥐었다. 하루아침에 죄수가 된 꼴이니 어찌 화가 솟구치지 않을쏘냐.

씽은 고개를 숙이고 구석에 가만히 앉아 있었다. 술 한 잔에 맛이 가서 아침까지 정신을 못 차린 자신이 창피했다.

용병들도 고개를 숙이고 있는 것은 마찬가지였다. 산채에 기사들이 들이닥치는 것을 아무도 깨닫지 못했다. 굴비처럼 묶을 당시에도 느끼지 못했다.

오히려 기사들도 황당했을 것이다. 아무리 불러도 일어나지 않았으니.

"어쩔 거야, 곤?"

안드리안이 물었다.

"일단은……."

"일단은?"

"저녁이 될 때까지 쉽시다."

"쉬어? 왜? 감옥을 부수고 나가야지. 울화가 터져서 못 살겠다."

"저들이 당장 우리를 어쩔 것 같지는 않아요. 저녁이 되면 이곳을 탈출합시다. 서로 피를 볼 필요는 없다고 생각해요."

"우리를 감쪽같이 속인 년들이야. 어떻게 나올지 모른다고."

"저들도 알고 싶은 것이 많을 겁니다. 일단 저희의 정체를 알아야 하니까요. 심문이 시작될 겁니다. 그때까지는 저희를 죽이거나 하지는 않을 겁니다. 그러니 탈출을 하기 전까지 쉽시다."

"흠, 흠. 그럼 그럴까."

안드리안은 수긍을 했는지 고개를 끄덕였다. 그녀 역시 당장 탈출을 시도해 기사들과 사투를 벌일 필요는 없다고 생각했다.

"그런데 너희 중에 제국 출신이 있나?"

곤은 용병들을 보며 물었다.

"제가 제국 출신입니다."

브리스가 손을 들어 대답했다. 고소공포증에 폭포를 간신히 넘었던 사내였다.

"다니엘 백작이라는 자를 아나?"

"네, 얼굴은 오늘 처음 봤지만 소문은 익히 들어서 알고 있습니다. 열혈백작으로 소문날 정도로 꽤 유명합니다."

"설명을 해주겠나."

"알겠습니다."

현 제국의 상황은 혼란에 가까웠다. 제국의 황제인 쿤타 안드리아 7세가 노화로 인해서 병석에 누웠기 때문이었다. 그로 인해 평의회의 두 파인 개혁파 자유당과 보수파 사회당이 피터지게 싸우고 있는 중이었다.

서로에게 이득이 되는 황제를 추대하기 위해서였다.

자유당은 노예제도를 없애고 황제 아래 모두가 평등해야 한다고 주장했다.

사회당은 그 반대였다. 노예들을 전투노예로 육성시켜 대륙을 제국의 깃발아래 놓아야 한다고 주장했다. 양측의 세력은 비슷했다.

다니엘 백작은 개혁파에서 서열 7위에 속하는 고위 귀족이었다.

보수파 입장에서는 어떻게든 제거해야 할 눈엣가시 같은 존재였다.

브리스의 설명을 들은 곤은 고개를 끄덕였다. 이번 사태가 어떻게 돌아가는지 그림이 그려졌다.

보수파의 누군가 산적들을 매수하여 다니엘 백작을 끌어내려 한 것이다. 산적들로만 백작의 영애를 납치할 수는 없으니 모종의 방법을 썼을 테고.

어쨌든 곤과는 상관없는 일이었다. 괜한 일에 끼어들어 시간만 낭비했다.

"좋아. 우리는 해가 지면 탈출한다. 그때까지 운기조식이나 하고 있어."

대륙에는 운기조식이란 말이 없었다. 각 가문에 맞는 마나 단련법으로 마나를 다스렸다. 그들의 마나 단련법을 알 수 없기에 곤은 무상심법에서 배운 운기조식을 용병들에게 가르쳤다.

곤의 명령대로 용병들은 가부좌를 틀고 앉아 운기조식을 시작했다.

잠시 후, 감옥에 갇혀 있던 모든 자들이 무아지경에 빠져들었다.

땅거미가 깔렸다.

곳곳에서 벌레 우는 소리가 들렸다. 어둠이 깔리고 밤이 왔다는 증거였다.

다니엘 백작은 그들에게 별 관심이 없는 모양이었다. 기사들이 교대하며 감옥 앞을 지켰지만 정작 다니엘 백작은 나타나지 않았다.

기사들도 제대로 그들을 감시하지 않았다. 하긴, 고급 인력인 그들이 언제 죄수들을 감시해 봤을 것인가. 그저 하품만 하며 시간을 때울 뿐이었다.

용병들이 감옥을 빠져나온다고 하더라도 그들의 실력이라면 충분히 감당할 수 있다는 자신감이 서려 있을 것이다.

곤과 씽, 안드리안이 밧줄을 푼 다음 용병들을 풀어주었다. 그들은 조용히 움직였다.

챙—

씽의 손톱이 튀어나왔다. 그의 손톱은 통나무를 엮어 만든 감옥의 벽을 손쉽게 절단했다. 소리도 나지 않을 만큼 깔끔하게 잘렸다.

한 명씩 감옥을 빠져나왔다.

감옥을 지켜야 할 기사가 보이지 않았다.

교대 시간인가?

그것은 아닌 듯하다.

저 멀리 두 명의 기사들이 날 선 살기를 희미하게 내뿜으며 감옥으로 다가오고 있었다.

곤의 예상대로였다.

기사들은 용병들을 심문할 셈이다. 어쩌면 고문일 수도 있고. 그들의 뿌려대는 살기로 보아 고문일 가능성이 높았다.

곤과 씽이 몸을 숨겼다. 안드리안과 용병들은 잠을 자는 척했다. 기사들은 아무런 의심 없이 감옥 앞으로 다가왔다. 그들이 감옥 앞에 섰을 때였다.

곤과 씽이 기사들의 등 뒤로 슬그머니 다가갔다.

용병들이 탈출할 것은 전혀 예상하지 못했던지 기사들은 전혀 눈치를 채지 못했다.

곤은 기사의 뒤로 다가가 팔뚝으로 목을 졸랐다. 씽 역시 같은 공격 방식을 취했다.

조용하고 확실하게…….

"커커컥."

갑작스러운 공격에 기사들은 대처를 하지 못했다. 머리가 피가 통하지 않자 그의 얼굴에서 금방 핏기가 사라졌다. 곧이어 그들은 의식을 잃고 쓰러졌다.

용병들은 쓰러진 기사들을 감옥으로 끌고 들어간 뒤 밧줄로 묶었다. 그들이 깨어났을 때는 용병들이 사라지고 난 후일 터였다.

"가자."

곤과 용병들은 은밀하게 움직였다. 산채 곳곳에 불이 켜져 있었지만 술을 마신다거나 시끄럽지는 않았다. 굉장히 진중한 분위기라는 것이 느껴졌다.

먼저 압수당한 무기를 되찾았다. 빈 산채 안에 용병들의 무기를 아무렇게나 넣어두어 무기를 찾는 것은 쉬웠다.

시끄럽게 지저귀는 벌레 소리 덕분에 용병들의 움직임도 기사들에게 적발되지 않았다.

그들은 밖으로 통하는 길인 폭포까지 숨소리 한 번 제대로 내지 못하고 조용히 움직였다.

"서둘러 떠나자!"

산길을 밤에 걷는 것은 위험하다.

하지만 감수를 해야만 했다. 이곳에 있다가는 어떤 봉변을 당할지 알 수가 없었다.

씽이 먼저 폭포를 건넜다. 반대편 길이 무척이나 비좁기에 잘못하면 밑으로 떨어질 수가 있었다. 씽이 먼저 도착한 후 손톱을 부딪쳐 불꽃을 만들었다. 한 명씩 그 불꽃을 향해서 뛰었다.

씽이 도와준 덕분에 한 명도 빠짐없이 무사히 폭포를 건넜다.

좁은 길을 일렬로 서서 걷는다. 이곳에서 나는 발자국 소리가 산채까지 들릴 일은 없었다.

산적들의 산채와 멀어져 간다.

이제야 조금씩 마음이 놓였다.

"후아, 이제야 살 것 같네."

용병들은 참았던 숨을 길게 내쉬었다.

그때였다.

어둠의 저편에서 도란도란 말소리가 들렸다. 상당한 숫자의 인기척도 느껴졌다.

씽은 뒤쪽을 향해서 주먹을 쥐었다. 모두가 멈췄다. 용병들
은 다시 숨을 참고 길 건너편을 응시했다. 그들은 소리가 나지
않게 무기를 꺼냈다.

곧이어 용병들 앞에 검은 무복을 입고 복면을 한 수십 명의
사내들이 모습을 드러냈다.

검은 무복의 사내들도 용병들을 발견했다. 그들도 흠칫거렸
다. 전혀 예상하지 못한 일이었던지 눈동자가 흔들렸다.

"다니엘 백작의 기사들인가?"

선두에 선 검은 무복의 사내가 물었다.

어리둥절한 씽은 고개를 돌려 곤을 바라보았다. 곤이 머뭇
거리지 않고 대답했다.

"그렇다."

"지금 이 시간에 이곳에서 무엇을 하는 게지?"

"당신들은 누군데 우리에게 그런 질문을 하는 것인가?"

곤은 목소리는 낮춰 날카롭게 되물었다.

"흥, 착실하게 대답이라도 했으면 쉽게 보내줬을 것을."

"다시 한 번 묻지. 너희는 누구지?"

"주객이 전도가 되었군. 너희는 운이 없어. 이런 외길에서
우리를 만날 줄이야. 생존자는 없을 것이야. 우리를 탓하지 말
거라."

사내는 검을 뽑았다. 곤의 말에 대답을 해줄 의향은 없는 모
양이었다. 그의 말을 들은 뒤편에 있던 사내들도 검을 뽑았다.

두 사람이 간신히 지날 수 있는 길이다. 한쪽은 낭떠러지고 다른 한쪽은 절벽이었다. 누군가 비켜주지 않으면 벗어날 수가 없을 만큼 험한 산길이었다.

저들의 말대로 이곳에서 싸움이 벌어지면 어느 한쪽은 전멸한다.

"형님, 어쩔까요?"

씽은 작게 속삭이듯 물었다.

"뭘 어쩌긴. 쓸어버려. 얼굴을 가린 놈들이다. 뒤탈은 없을 거야."

곤의 말에 씽은 엷은 미소를 지으며 고개를 끄덕였다. 아무도 모를 것이다.

씽의 저 아름다운 미소가 얼마나 무서운 것인지를.

그는 다가오는 검은 무복의 사내들을 향해서 손을 뻗었다.

챙—

순간 씽의 손가락에서 다섯 개의 손톱이 쭉 하고 뻗어나갔다.

푹! 푹! 푹! 푹! 푹!

생각도, 예상도 하지 못했던 공격이다.

손톱은 검은 무복 사내들의 복부를 뚫고 들어갔다. 꼬치처럼 줄줄이 꿰어졌다. 내장이 찢기는 고통이 그들에게 찾아왔다.

씽은 손가락을 옆으로 당겼다. 몸통이 반으로 잘리거나 손톱을 양손으로 잡은 사내들은 옆으로 떠밀렸다.

"으아아악!"

다섯 명의 사내들은 반항 한 번 제대로 하지 못하고 절벽 밑으로 비명을 지르며 떨어졌다. 그들의 비명이 메아리가 되어서 되돌아온다.

푹! 푹! 푹! 푹! 푹!

다시 손톱이 뻗어졌다. 너무 좁은 길목이라 피할 곳도 없었다. 사내들이 칼로 손톱을 쳐 내려고 했지만 그러기에는 속도가 너무 빨랐다.

"으아아아악!"

또다시 사내들이 떨어졌다.

손톱은 쉬지 않고 뻗었다. 이런 길목에서는 항거할 방법이 없었다.

선두에 있던 사내가 손톱을 피하기 위해 뒤로 도망쳤다. 뒤쪽에 있던 다른 사내가 그에게 밀려 절벽 밑으로 떨어지고 말았다.

꽤 강도 높은 훈련을 받은 암살자들로 보이지만 지금과 같은 상황에서 벗어나는 훈련을 받지 않은 모양이다. 우왕좌왕하던 검은 무복의 사내들은 자멸을 하고 있었다.

"이 새끼, 죽여 버릴 테다!"

한 암살자가 절벽을 타고 뛰어올랐다. 이끼가 늘러 붙은 미끈미끈한 벽면을 밟아 씽에게 곧장 날아왔다. 씽은 그를 향해 다른 손의 손톱을 휘둘렀다.

끼기기긱—

절벽의 돌들이 씽의 손톱과 부딪치며 불꽃을 튀겼다. 암살자의 눈앞으로 손톱이 길게 그어졌다.

후두두두둑—

암살자의 육신이 다섯 조각으로 분해가 되어 절벽 밑으로 떨어졌다.

"으아아아악!"

살아남은 암살자들은 공포에 질렸다. 그들은 뒤로 물러나기 위해서 서로를 떠밀었다. 싸울 의지가 사라진 적은 더 이상 상대가 되지 않는다.

씽은 어렵지 않게 그들의 등에 손톱을 찔러 넣어 무저갱의 절벽 밑으로 밀어 넣었다.

더 이상 씽 앞에 두 발로 서 있는 사내들은 보이지 않았다.

"도대체 이들은 뭐지?"

안드리안은 고개를 갸웃거렸다. 산적들을 만나고 나서부터 이상하게 일이 꼬이는 느낌이었다. 외지고 위험한 산길에서 뜬금없이 살육전이 펼쳐질 것이라고는 아무도 생각하지 못했다.

"일단 이곳을 벗어나죠. 계속 있어 봤자 좋은 일이 생길 것 같지 않습니다."

"괜한 오해가 생기지는 않겠지?"

"이곳에서 떨어지고 살 수는 없습니다. 괜한 걱정입니다."

"하기야 그것도 그렇네."

안드리안은 낭떠러지를 바라봤다. 달빛이 비친다고 하더라

도 너무 높아 물소리만 들릴 뿐 밑은 보이지 않았다. 이곳에서
떨어져 살아날 가능성은 희박했다.

곤과 용병들은 서둘러 그곳을 떠났다.

*　　　*　　　*

"크아아아악! 헉헉헉헉."

물속에서 검은 무복을 입은 한 사내가 모습을 나타냈다. 그
는 물속에서 나와 복면을 벗었다. 눈매가 날카롭고 수염을 가
지런히 기른 자였다.

"다니엘 백작! 이 개새끼! 감히 내 부하들을 몰살시켜! 내가
가만두지 않겠다!"

그의 분노가 엉뚱한 곳으로 튀고 있었다.

Chapter 8. 오해로소이다

테보라 산 중턱의 낡은 2층 저택. 그 주변에는 경계가 무척 삼엄했다. 완전무장을 한 병사들이 매의 눈으로 주변을 훑었다.

"뭐시라!"

블로우 자작은 주먹으로 나무 탁자를 강하게 쳤다. 비록 낡은 것이지만 탁자가 반으로 갈라질 정도였다. 탁자 위에 놓여 있던 술잔이 바닥으로 떨어져 깨졌다.

"죄송합니다. 놈들이 선수를 쳤습니다. 아니, 함정을 파놓고 있었습니다. 저희는 속수무책으로 당했습니다."

간신히 살아남은 암살자 샨크가 고개를 조아렸다. 임무에 실패한 암살자는 돌아오지 말아야 한다. 그 자리에서 죽어야 정상이다. 하지만 지금 그가 죽을 때는 아니었다. 그는 묘한 위화감을 느꼈다.

그 사실을 주군에게 전해야 했다.

"도대체 어떻게 놈들이 알았단 말이냐."

"죄송합니다. 그것까지는 모르겠습니다."

블로우 자작은 어금니를 강하게 물었다.

이번 음모를 꾸미기 위해서 상당한 거금을 들였고 정보조작을 하였다.

특히 반대편 개혁파의 다니엘 백작이 그들에게는 눈엣가시였다.

다른 자들은 말이 통하기나 하지 다니엘 백작은 완전 먹통이었다. 좋게 말을 하면 자신의 신념을 굽히지 않는 거였지만 나쁜 말로 하면 벽창호였다.

보수파의 입장에서는 씹어 먹어도 시원찮을 개자식이었다. 그를 제거해야 한다.

사회당 총수인 메시나 공작의 암묵적인 명령이 떨어졌다. 블로우 자작의 선택권은 없었다. 다니엘 백작을 제거하고 훗날 큰 보상을 받든지, 다니엘 백작의 제거를 실패하고 혼자서 안고 가든지.

블로우 자작으로서는 뒤로 돌아서 갈 길이 없었다. 하지만 반대로 그에게는 큰 기회이기도 했다.

이번 일만 성공하면 단숨에 고위 귀족이 될 수가 있었다. 귀족의 꽃이라는 백작이 된다면 가문은 대대손손 영원히 빛나리라.

하지만 완벽할 것 같았던 계획이 어긋났다.

산적들에게 의뢰를 해 다니엘 백작의 딸을 납치하게 했다. 물론 그들만으로는 역부족이기에 암살자들이 도움을 줬다. 그 사실을 다니엘 백작의 귀에 흘려보냈다.

흥분한 그는 기사단을 이끌고 산적들에게 쳐들어간다.

여기까지는 완벽했다.

산적들과 다니엘 백작의 사투가 끝나갈 때 암살자들이 배후로 돌아가 기사들과 백작의 목을 취한다. 그리고 남은 산적들도 죽인다. 양패구상한 것처럼 꾸미기 위해서다.

겨우 산적들이 그 유명한 다니엘 백작을 죽일 수 있을까? 라고 누군가 의심을 하겠지만 그뿐이었다.

그런데…….

놈은 이미 그의 계획을 눈치챘다. 설마 놈이 먼저 선수를 칠 줄이야.

불과 같은 성격을 지닌 줄로만 알았건만, 냉정한 이성도 함께 가지고 있었던 모양이다.

그렇다면 다니엘 백작의 정보를 전면 수정해야만 했다. 보수파의 정보는 잘못됐다.

"아무리 다니엘 백작이라고 하지만 저희의 정체를 정확하게 눈치채지 못했을 겁니다."

샨트가 말했다.

블로우 자작은 그의 말에 동의했다. 그는 150명의 일급 암살자를 은밀히 키웠다.

그들을 키우는 데는 막대한 돈이 들어간다. 메시나 공작의 허락이 없었으면 불가능한 일이었다.

바로 이번 일과 같은 사태에 대비를 하기 위해서였다. 블로우 자작은 이번 일에 지금까지 공들여 키운 암살자를 모두 투입했다.

이번 일에 블로우 자작의 목과 암살자들의 목이 한꺼번에 걸려 있다는 것은 모두가 알고 있었다.

"그들이 수도에 도착하기 전까지 전원 투입이다. 쉬지 않고 놈들을 몰아쳐라. 놈들에게 우리의 무서움을 가르쳐 준다."

"알겠습니다."

블로우 자작의 명령에 암살자들이 무릎을 꿇었다.

*　　　*　　　*

도대체 왜 우리가 습격을 받아야 할까.

그 이유나 알았으면 좋겠다.

"폭풍의 술!"

곤의 손바닥에서 두 개의 회오리가 튀어나갔다. 회오리는 점점 커져 나무 위에 숨어 있던 암살자들을 끌고 하늘로 올라 갔다. 그들은 떨어져서 목이 부러지는 순간까지 비명도 지르지 않았다.

"헉헉헉헉."

곤은 거친 숨을 몰아쉬었다. 갑작스럽게 재앙술을 연속으로 몇 번이나 사용했다. 내기가 급격하게 줄어들었다. 몸에 이상 신호가 오고 있었다.

과부하에 걸린 것이다.

암살자들이 워낙 은밀하게 접근하여 습격을 해오는 통에 용병들에게 맡길 수도 없었다. 용병들은 이제 잎이 난 꽃봉오리들이다. 허무하게 이곳에서 죽게 놔둘 수는 없었다.

최대한 그들을 보호하기 위해서는 곤과 씽, 안드리안이 전면에서 적들과 맞서 싸워야만 했다.

"형님, 괜찮아요?"

씽이 물었다.

"넌?"

"전 아직 쌩쌩합니다."

씽은 빙그레 웃었다.

하긴, 씽은 본래 체력이 인간들보다 월등하다. 더해서 엄청난 마나를 얻었다. 듣자 하니 '하렘의 심장'을 통해서 얻은 마나를 1할도 제대로 사용하지 못한다고 하였다.

그럼에도 씽의 체력은 무한에 가까웠다. 마나를 모두 사용할 수 있게 되면 얼마나 더 강해질까 궁금해지기까지 했다.

"도대체 이게 며칠째야?"

대검을 휘두르던 안드리안도 지치기는 마찬가지였다. 일격필살의 능력을 가진 그녀지만 그만큼 체력의 소모도 빨랐다.

"나흘째."

암살자들은 낮과 밤을 가리지 않고 습격했다.

이미 용병들의 피로는 한계에 가까웠다. 수십 명이 넘는 암살자들을 처치했지만 얼마나 더 남아 있는지도 알 수가 없었다.

"이 새끼들은 도대체 뭐야? 왜 우리를 습격하는 거야?"

"그러게요. 저도 왜 그런지 이유나 알고 싶습니다."

어제저녁. 암살자를 사로잡은 적이 있었다. 놈들에게 묻고 싶은 것이 많았다.

하지만 그는 '병신들, 지옥에 가서도 궁금해 해보거라' 라는 말을 하며 혀를 깨물고 죽었다.

참으로 지독한 놈이었다.

"펑펑!"

곤은 펑펑을 불렀다. 하늘로 날아가 주변을 살피던 펑펑이 내려와 곤과 눈을 맞췄다.

그녀는 곤의 눈이 되어준다. 그녀가 아니었더라면 용병들의 피해가 꽤 컸을 것이다. 아직까지 죽은 사람이 나오지 않은 것은 펑펑의 힘이 가장 컸다.

"놈들이 보이나?"

"아니, 몇 놈이 보였지만 대부분이 사라졌어. 몇 놈 남은 자들은 정찰병 같아. 분위기로 보아 오늘은 더 이상 오지 않을 모양이야."

"후, 그나마 다행이군."

곤과 용병들은 방어가 쉬운 탁 트인 장소에서 노숙을 택했다.

어차피 놈들의 손바닥에서 놀고 있었다. 굳이 몸을 숨기기 위해 산속에서 숨을 필요는 없었다. 재수가 없다면 각개격파를 당한다.

"몇이나 당했나?"

곤은 게론에게 물었다.

"다섯입니다. 단장님과 부단장님, 씽 덕분에 경상입니다. 하늘이 도왔습니다."

아무리 곤과 씽, 안드리안이 악전고투를 했다고 하지만 암살자들이 날리는 암기에는 눈이 없었다. 그들의 방어를 뚫고 들어간 암기는 무수히 많았다.

몇 명이나 죽었어도 이상할 것이 없었다.

곤과 안드리안을 만나기 전의 그들이었다면 최소 다섯 명 이상은 사망했을 것이다. 그들이 생존한 까닭은 그만큼 실력이 높아졌기 때문이었다.

"다행이군. 일단 모두 최대한 체력을 비축해 놓도록 해."

"알겠습니다."

게론은 용병들을 쉬게 했다. 곤은 경계를 세우지도 않았다. 놈들은 더 이상 오지 않을 것이라고 확신했다.

곤과 안드리안, 씽이 모여 앉았다. 그들의 표정은 어두웠다. 당연한 것이다.

상대가 누군지 모른다.

왜 습격을 했는지도 모른다.

무턱대고 목숨 걸고 싸워야 하는 것처럼 허망한 것이 어디 있겠는가.

그렇다고 목을 내놓고 죽이시오, 라고는 할 수 없는 노릇이
었다.

"빠져나갈 방도를 찾아야 하는데……."

안드리안은 말을 마치지 못했다.

모두가 그것을 알고 있지만 방도가 없었다. 일단 그들은 이
곳 지리에 무지했다. 펑펑이 미리미리 알려주지 않았다면 곤
욕을 치렀을 것이다.

반대로 암살자들은 이곳 지리를 잘 알았다. 놈들은 요소요
소에 숨어 기가 막히게 습격을 해왔다. 그들은 쥐를 몰듯이 일
행을 사지로 유인하고 있었다.

"방법이 있긴 있는데."

한참이나 뜸을 들이던 곤이 입을 열었다.

"방법이 있어?"

"있기는 있지만."

"뭔데?"

"너무 위험해서요."

"지금도 충분히 위험해. 장담하는데 사흘 내에 우리 모두 죽
어. 굶어 죽든지, 피곤에 절어 죽든지. 그게 뭐든. 놈들의 병력
이 얼마인지도 몰라. 상대가 누군지도 몰라. 기사가 섞여 있는
지도 몰라. 마법사가 섞여 있으면 완전 끝장이야."

"그렇긴 하지만……."

곤은 길게 한숨을 내쉬었다. 지금의 위기를 타개할 방법이

하나가 있긴 있다. 그러나 그 방법을 실행하기에는 그도 용병들도 너무 위험했다.

서로의 호흡이 톱니바퀴처럼 맞아서 굴러가지 않으면 전부가 끝장난다. 하여, 섣불리 말을 할 수가 없었다. 다른 방법이 있다면 그것을 행하고 싶은 마음이었다.

"일단 얘기해 봐."

"그럼……."

곤은 목소리를 낮춰 씽와 안드리안에게 작전을 설명하기 시작했다.

*   *   *

게론은 죽을 맛이었다. 중년을 넘은 나이에 이토록 개처럼 뛰기는 처음이었다. 훈련을 받을 당시에도 심장 튀어나오게 달렸다.

그때는 힘들었을 뿐이지만 지금은 목숨이 달려 있었다. 조금만 늦어도 비처럼 쏟아지는 암기에 목숨을 잃고 만다. 용병들은 젖 먹던 힘까지 짜내서 거친 산길을 달려야 했다.

"단장님, 언제까지 뛰기만 해야 합니까?"

"힘들어 죽겠다. 말 시키지 마. 닥치고 뛰어!"

용병들을 지휘하는 안드리안이 외쳤다. 그녀의 앞에서 펑펑이 길을 안내했다.

용병 중에서 펑펑을 볼 수 있는 사람은 안드리안뿐이었다.

펑펑을 놓치면 끝장이었다.

"이 약해 빠진 것들아! 지금까지 무슨 생각으로 산 거야? 겨우 이 정도 산길도 못 뛰어? 이럴 바에는 차라리 나가서 죽어 버려!"

펑펑의 독한 말투.

그녀는 용병들에게 욕설을 퍼부으며 뒤도 돌아보지 않고 요리조리 산길을 날아다녔다.

펑펑의 말소리를 들을 수 있는 안드리안은 어금니를 물고 더욱 빠르게 뛰었다. 갑자가 높아진 속도에 용병들은 바지에 오줌을 지릴 때까지 달릴 수밖에 없었다.

"절대로 놓치지 마라."

샨크가 암살자들을 향해서 외쳤다. 그들은 혹독한 훈련을 이겨낸 암살자들이었다. 이 정도 산길을 쉬지 않고 한 시간 이상 달릴 수가 있었다.

"쏴라!"

계속해서 표창을 날렸다. 하지만 놈들이 어찌나 재빠른지 번번이 빗나갔다.

"저, 저."

샨크는 자신의 눈을 의심했다. 점점 놈들과 암살자들과의 거리가 벌어지고 있었다.

한참의 추격전이 지났을 무렵.

놈들은 보이지 않았다.

믿을 수가 없었다.

"허억, 허어억, 허어억."

샨크는 양손을 무릎에 대고 거친 숨을 몰아쉬었다. 암살자들도 마찬가지였다. 마치 귀신에 홀린 것 같았다. 산길에서 목표를 잃을 줄은 상상도 하지 못했다.

"하악, 하아아악."

잠시 시간이 지나자 블로우 자작이 도착했다.

산소가 모자라 그의 얼굴은 창백했다. 너무 오래 쉬지 않고 뛰었다. 그는 도착하자마자 자리에 주저앉았다. 말을 하고 싶지만 심장이 심하게 뛰어서 제대로 말소리가 나오지 않았다.

블로우 자작도 마나를 자유롭게 다루는 기사였다. 그런 그가 토할 정도로 괴로워한다.

"노, 놈들은 잡았나?"

숨이 돌아오자 블로우 자작은 샨크에게 물었다.

"죄송합니다."

"놓쳤어?"

"네."

샨크는 고개를 숙였다. 이건 능력의 문제가 아니었다. 일단 붙어봐야 상대를 죽이든지 말든지 할 것이 아닌가.

블로우 자작은 용병들이 사라진 방향을 향해서 어이가 없다는 듯이 쳐다봤다.

"그 자식들 기사가 맞아? 무슨 기사들이 산길을 이렇게 잘 타?"

암살자들은 고개를 끄덕였다. 크게 동감하는 눈초리였다.

"아이고, 죽겠다."

용병들도 지치기는 마찬가지였다.

그들은 머릿속이 하얗게 변할 정도로 뛰었다.

이제 막 맛을 본 마나를 있는 대로 사용했다. 몸은 천근만근 무거웠다.

몇몇은 다리에 경련이 와 바닥에 쓰러졌다. 먹은 것도 없는데 속을 게워내는 자들도 부지기수였다.

그들이 도착한 곳은 커다란 공터였다.

공터 중앙에는 속옷만 입고 있는 곤이 서 있었다.

그는 자신을 중심으로 바닥에 기이한 문자를 그려 넣었다. 그리고 문자 주변으로 열두 개의 돌을 놓았고 자신의 몸에 바닥과 비슷한 문자를 그렸다.

곤은 춤을 췄다. 팔과 다리를 역방향으로 꺾는 이상한 춤이었다.

"아바, 아바바바. 아바바."

곤의 입에서 해괴한 언어가 흘렀다.

"저게 뭐하는 짓입니까?"

게론이 안드리안에게 물었다.

"샤먼의 술법이래."

"샤먼의 술법이요?"

"응."

"샤먼이 뭡니까? 부단장은 메이지가 아니었습니까?"

"샤먼이래. 나도 자세한 것은 몰라. 그리고 시간이 없으니까 모두 저쪽으로 가."

안드리안은 용병들을 술법이 행해질 진 안에 밀었다. 곤은 진의 중심에서 계속 춤을 췄다.

"아바, 아바바바."

곤의 음성이라고는 믿기지 않는 소리가 흘러나왔다. 등골이 오싹하다. 듣고 있자니 머릿속이 흐릿해지는 기분이었다.

"모두 옷 벗어. 그리고 각각의 위치에 서서 꼼짝도 하지 마."

"옷을요?"

"그래, 서둘러. 놈들이 곧 도착한다."

궁금했지만 답해줄 분위기가 아니었다. 용병들은 속옷만 남긴 채 옷을 벗고는 진 안에 섰다. 진 안에 서자 이상한 기분이 들었다.

진의 안과 밖이 분리된 느낌이랄까.

무척이나 오묘해서 말로 표현할 수가 없었다.

재앙술 4식은 곤의 내공으로 사용이 불가능했다.

하지만 본인의 능력으로 불가능하다는 것이지 외적인 힘을 빌리면 가능하다.

한 단계 위의 술법을 사용하기 위해서는 두 가지 방법이 있었다.

첫 번째 방법은 부적이다. 상위 술법의 부적을 사용하려면 엄청난 시간과 노력이 필요했다. 특히 4단계 재앙술을 사용하기 위해서는 보름 이상이 걸린다. 시간이 없는 지금으로써는 불가능했다.

다른 방법은 신의 힘을 빌리는 것이다.

곤은 진을 그리고 술법을 이용해 신을 불러낸 후 자신의 몸에 강림시켜 진을 발동할 생각이었다. 이것을 행하기 위해 홀로 빠져나와 8시간 이상 춤을 췄다.

진은 곤의 내기를 빨아들인다. 그의 내기는 이미 바닥을 쳤고 오직 정신력으로만 버텼다.

정신력으로도 버티기 힘들 무렵, 강대한 힘이 그의 단전을 채우기 시작했다. 어마어마한 힘이었다. 순식간에 단전을 채운 그 힘은 곤에게 말했다.

[나는 테보라의 땅지킴이 솔던이라고 한다. 누가 나를 불렀는가.]

굉장한 울림.

거대한 산을 지키는 신다웠다. 곤의 힘으로도 버티기 힘들었다.

"저는 곤이라고 합니다. 자연을 벗 삼아 신을 모시고 있습니다. 도움이 필요합니다."

[도움을 받고 싶으면 너는 나에게 무엇을 주겠는가.]

샤먼의 몸에 강령하는 신들은 대체로 영혼의 계약을 원한다. 샤먼은 신들의 힘을 빌리는 대신 그들에게 세상에 강림할 기회를 주는 것이다.

하나, 곤은 언젠가 혜인에게 돌아가야 한다. 영혼이 묶인 계약을 할 수는 없었다.

그러나 지금의 상황을 타개하기 위해서는 산신이 원하는 뭔가를 줘야 했다.

"저는……."

곤은 작게 속삭이듯이 말했다.

[너의 뜻을 이뤄주겠노라.]

산신은 만족한 듯이 말했다.

강대한 힘이 몰려온다. 곤의 눈동자가 녹색으로 반짝였다.

"꿀꺽."

용병들은 마른침을 삼켰다. 무기를 들고 있기는 하지만 방어구가 하나도 없었다. 맨몸으로 암살자들과 붙는 것은 자살 행위와 같았다.

그럼에도 그들이 도망치지 않고 자리를 지킬 수 있는 것은 곤와 안드리안에 대한 믿음 때문이었다.

사사사삭—

바람의 방향이 바뀌었다. 살기는 없지만 강렬한 위화감이 그들을 감쌌다.

두근두근.

심장이 심하게 뛴다.

놈들의 모습이 보이기 시작했다. 작정을 했는지 그들은 온갖 무기를 들고 빠르게 접근했다.

백 명이 넘는 암살자들이 일제히 공격을 시작했다.

그때였다.

암살자들이 모두 공터에 들어온 순간!

곤이 외쳤다.

"재앙술 4식, 환령 소환!"

진법이 발동했다. 붉은빛이 사방으로 퍼지며 공터를 가득 메웠다. 영혼까지 태워버릴 듯한 붉은빛은 암살자들의 몸을 휘감았다.

"으으으윽!"

"으아아아악!"

암살자들의 눈이 뒤집혔다. 그들은 머리를 잡고 무척이나 괴로워했다. 눈빛의 초점이 잡히지 않는다. 어디를 응시하는지 알 수가 없었다.

입술에서 침이 줄줄 흘렀다.

암살자들은 서로를 쳐다보았다. 그들의 공허한 눈빛은 증오로 가득 차 있었다.

잠시 후 서로가 칼부림을 하기 시작했다.

"아버지의 원수! 죽어!"

"내 딸! 내 딸을 내놔!"

용병들의 코앞에서 소름 끼칠 정도로 무서운 일이 벌어졌다. 암살자들은 용병들을 전혀 눈치채지 못하고 서로를 죽였다.

안드리안조차 놀라서 입을 다물 수가 없었다. 그녀는 숨을 고르고 있는 곤을 보았다. 꽤나 지쳤는지 그는 바닥에 털썩 주저앉았다.

"곤."

"네."

"저, 저 자식들 왜 갑자기 저래?"

"환령에 홀렸습니다."

"환령? 환술이나 뭐 그런 거야?"

"아닙니다. 환술보다 훨씬 강력합니다. 환술에서는 깰 수가 있지만 환령에 홀린 저들은 깰 수가 없습니다. 저들의 머릿속에는 이미 귀령이 자리를 잡았으니까요. 시간이 지날 때까지 환령은 돌아가지 않을 겁니다."

꿀꺽.

자신도 모르게 마른침이 넘어갔다.

이제는 두렵다는 생각이 들 정도였다.

곤을 처음 봤을 때가 기억난다. 강하지만 어수룩하다. 사회생활을 경험하지 못한 티가 팍팍 났다. 그런 면이 귀여웠다고 할까.

지금도 그런 면에서는 완전히 벗어나지 못했다.

하나 그는 괴물처럼 강해지고 있었다. 강해지는 속도가 일반적인 범주를 벗어났다.

그녀의 상식으로도 따라잡지 못할 정도로 강해졌다.

백 명이 넘는 암살자들이 한꺼번에 환령에 홀렸다? 과연 이게 가당키나 한 소린가. 상급의 다크 메이지라고 하더라도 불가능할 것으로 보였다.

"으아아악! 이 새끼, 저리 가! 저리 가 란 말이야!"

절규와 비명은 끊이지를 않았다. 피가 튀고 내장이 쏟아지며 머리가 반으로 잘려 허공을 맴돌았다.

"우리도 빠져나가야 되지 않아?"

안드리안이 곤에게 물었다.

암살자들이 혼란한 상황에서 빠져나갈 절호의 기회였다. 그러나 곤은 고개를 저었다.

"진에서 나가면 안 돼요. 환령에 홀리게 됩니다. 시간이 될 때까지 기다려야 합니다."

환령 소환은 적의 발을 묶는 대단위 술법이다. 공격 마법보다 살상력은 적지만 상대를 저지하는 효과는 뛰어났다. 환령의 술법이 끝날 무렵 저들은 지쳐서 꼼짝도 하지 못할 것이다.

그사이 용병들은 유유히 이곳을 빠져나가면 된다.

"그런데 썽은 어디로 간 거지?"

용병들의 숫자를 확인하던 안드리안은 고개를 갸웃거렸다. 항상 곤의 옆에서 떨어지지 않았던 그가 보이지 않았다. 불길함이 등줄기를 스치고 지나갔다.

"혹시?"

곤과 안드리안이 동시에 진의 밖을 보았다.

"크아아아아!"

젠장.

그들의 얼굴이 동시에 구겨졌다.

씽이 환령에 흘렸다. 환령은 정신계 공격. 아무리 마나의 보유량이 많다고 하더라도 정신력이 취약하면 견딜 수가 없었다.

그리고 씽은 생각보다 마음과 정신이 여렸다.

그는 손톱에 날을 세우고 암살자들을 처단했다.

곤의 얼굴이 급격하게 굳어졌다. 가장 믿었던 씽 덕분에 일이 묘하게 꼬이고 있었다.

환령의 술법이 풀리기 전.

씽에 의해 암살자들은 전멸했다. '

"쿨럭쿨럭."

환령에서 깨어난 블로우 자작은 심하게 피를 토해냈다. 환상과 실제 상황의 모호한 경계에서 어느 정도 상황은 인지했다.

갑작스럽게 죽은 자들로 변한 부하들. 그들은 괴기스러운 비명을 지르며 서로를 죽였다.

그리고 적의 괴물과 같은 기사 놈이 뛰어들어 남은 수하들을 쓸어버렸다.

징그럽도록 강하고,

두려운 정도로 증오스러운 놈이었다.

곤은 난감했다. 이렇게 일을 키우려고 했던 것이 아니었다. 제국으로 가야 하는 입장에서 제국의 귀족과 척을 질 필요가 전혀 없었다.

만에 하나 지금 사태가 다른 제국 귀족의 귀에 들어가게 되면 무척이나 난감해진다.

씽 이 자식 때문에…….

정작 씽은 자신에게 무슨 일이 일어났는지 잘 모르는 표정이었다.

"쿨럭쿨럭, 이 빌어먹을 개혁파 놈들."

증오가 가득 담긴 두 눈으로 용병들을 훑어보는 블로우 자작이었다.

씽의 손톱에 의해 심장이 뚫려 살아남을 가능성은 없었다. 그럼에도 상당한 수련을 쌓은 기사답게 아직도 쓰러지지 않았다.

"……."

개혁파라고 해야 하나, 아니면 그렇지 않다고 해야 하나. 무엇이 됐든 아주 엿 같은 상황에 빠진 것만은 분명해 보였다. 무엇을 말하든 저들은 자신들을 개혁파로 오인할 것이다.

"쿨럭쿨럭, 절대로 용서하지 못한다."

"뭔가 착각을 하신 것 같은데……."

안드리안이 한숨을 내쉬며 말했다.

백번 말해봤자 소용이 없을 듯하다.

하지만 이대로 오해를 받기에는 억울했다. 물론 암살자들은 더욱 억울할 테지만.

"크으윽, 너희들 얼굴 한 명, 한 명 모두를 기억했다."

블로우 자작은 품에서 한 장의 스크롤을 꺼냈다. 겉의 색이 우중충한 것이 무척이나 음습해 보였다.

"막아야 돼!"

안드리안이 다급하게 외쳤다. 그녀는 급히 대검을 들어 블로우 자작을 내려쳤다.

"늦었다, 이 개혁파 후레자식들아!"

블로우 자작이 스크롤을 찢었다.

찢어진 스크롤에서 검은 안개가 피어올랐다. 검은 안개는 블로우 자작의 육신을 녹였다. 피부가 녹고, 근육이 녹고, 뼈가 뭉개졌다.

머리카락 하나까지 살 타는 냄새를 풍기며 사라졌다. 검은 연기는 블로우 자작의 얼굴 모양을 한 후 하늘로 사라졌다.

"으아악, 저게 뭐야?"

블로우 자작의 끔찍한 최후에 용병들이 기겁을 하고 말았다.

"다크 메이지의 흑마법이야. 검은 안개의 흑마법, 본 적이 있어."

"흑마법이요?"

곤이 물었다.

"그래, 목숨이 경각에 달렸을 때 자신의 몸을 희생하여 원령이 되는 악마와 같은 마법이지."

"그럼?"

"우리 아무래도 엿 된 것 같다."

안드리안의 말에 모두의 얼굴이 종잇장처럼 구겨졌다. 아직도 씽은 자신이 무슨 잘못을 했는지 모르는 눈치였다.

　　　　　*　　　*　　　*

　보수파의 수장 메시나 공작은 오늘 밤에도 잠을 설쳤다. 그의 수족 중 한 명인 블로우 자작이 원령이 되어 찾아왔기 때문이었다.

　처음 블로우 자작이 원령이 찾아 왔을 당시 메시나 공작은 대단히 분노했다.

　공들여 키운 150명에 달하는 암살자와 블로우 자작을 모두 잃었다. 잃은 전력은 상당했다. 조직을 성도에서 그대로 유지했다면 개혁파 놈들의 목을 상당수 취할 수 있었을 것이다.

　그런 전력을 한꺼번에 잃었다. 만약 블로우 자작이 원령이 되어 사실을 알려주지 않았다면 심증만 가진 채 이번 사건이 묻혔을 것이다.

　블로우 자작의 원령은 자신이 본 상황을 상세히 설명했다. 메시나 공작에게는 정말 큰 도움이 되었다.

　[공작 각하, 공작 각하, 전 억울합니다. 저의 원수를 갚아주십시오. 원한을 갚아주십시오.]

　문제가 하나 있었다.

　블로우 자작의 원령은 원한을 갚을 때까지 소멸되지 않는다. 아니면 성력을 가진 존재가 강제로 소멸시켜야 했다.

　메시나 공작은 성력을 가진 존재가 아니었다.

"아, 젠장. 이 다크서클 봐."

거울에 비친 자신의 모습을 본 메시나 공작은 깜짝 놀랐다.

매일같이 찾아오는 블로우 자작의 원령과 만나던 그는 본의 아니게 조금씩 말라갔다.

Chapter 9. 그들의 정체

제국의 성도 카르텔.

제국의 황제 쿤타 안드리아 7세가 병환이 깊어 쓰러진 후 귀족들의 당파 싸움은 나날이 강해지고 있었다.

각 귀족들의 손발인 기사들도 마찬가지였다. 주군을 모시는 그들도 만나기만 하면 눈을 부라렸다. 종종 기사들끼리 부딪쳐 사상자가 발생했다.

아침 해가 뜨면 성벽 위에 목이 잘린 기사들의 시체가 매달려 있기도 했다.

대륙 최고로 화려함과 웅장함을 자랑하는 성도 카르텔이지만 두 당파의 싸움에 의해 뒤숭숭하기 그지없었다.

곤과 용병들은 변장을 한 채 성도에 들어섰다.

어쩔 수 없이 모두가 수염을 길러 분장을 했다. 곤은 본래 키가 크다. 약간의 수염을 기르자 꽤나 분위기가 있게 바뀌었다.

안드리안과 씽은 머리색이 너무 튀었다.

그냥 있는 대로 성도에 들어서면 '우리가 암살자들을 싹 쓸어버린 장본인이요'라고 대놓고 얘기를 하는 셈이었다. 그들은 옷에 색감을 넣는 잎사귀를 찾아 빻은 후 머리색을 검게 염색했다.

아직 어려서 수염이 나지 않는 메테는 머리를 박박 깎아야 했다.

싫어하는 표정이 역력히 드러났지만 어쩔 수가 없었다. 하지만 그는 게론을 보고는 아무런 말을 하지 않았다.

가장 화끈하게 변한 것은 게론이었다. 그는 본래 머리카락이 없었다. 원체 반들반들하여 아예 머리가 없는 대머리인 줄 알았다. 워낙 탄탄한 근육에 머리가 없으니 꽤나 강인한 모습이었다.

그는 머리를 길렀다. 옆머리만 풀처럼 자라났다. 가운데 머리는 없고 옆머리만 자랐다.

갑자기 20년은 늙어졌다.

강인한 인상에서 중년 아저씨의 얼굴로 바뀌었다.

단지 옆머리만 길렀을 뿐인데 인상이 저토록 변할 줄은 아무도 몰랐다.

무덤덤한 곤도, 괄괄한 안드리안도, 냉소적인 씽도…….

그를 정면으로 바라볼 수가 없었다. 그저 떠 있는 태양으로 고개를 돌려 혀를 깨무는 수밖에는.

용병들은 성도를 살폈다.

성도 카르텔은 확실히 소블린과는 차원이 다른 거대한 도시였다. 소블린도 상업 도시이기에 작지는 않지만 카르텔과는 비교조차 할 수가 없었다.

굳이 비교를 하자면 반딧불과 달의 차이였다.

성도를 감싼 성벽의 크기만 하더라도 입이 떡 벌어진다. 성벽의 높이가 자그마치 50m가 넘었다. 얼마나 긴 시간과 인력, 장비를 투입했을지 짐작도 가지 않았다.

도로의 정비 또한 잘되어 있어 비가 오더라도 질퍽이지 않았다.

8륜 마차 서너 대가 한꺼번에 다닐 수 있을 정도로 넓었다. 그럼에도 거리에는 인파로 가득 찼다.

아무리 제국의 귀족이라고 하더라도 이런 곳에서 얼굴도 잘 모르는 용병들을 찾아내는 것은 결코 쉬운 일이 아니었다.

조금은 안심이 되는 곳이었다.

곤과 용병들은 여관의 층을 달리해 투숙했다. 여관을 나눠서 투숙하는 것보다는 나을 것이라 여겼다.

안드리안은 용병들에게 적당한 돈을 주어 그동안의 여독을 풀게 했다.

용병들의 얼굴이 밝아졌다. 몇 번이나 죽을 고비를 넘겼기에 작은 호사에 무척이나 고마워했다.

"우리도 식사 좀 할까?"

안드리안이 말했다.

곤은 고개를 끄덕였다. 대륙은 엄청나게 넓었다. 아라사와 청나라를 합친 것보다 몇 배나 큰 듯했다. 당연히 풍토가 달랐고 풍습이 달랐으며 음식의 맛도 달랐다.

같은 것은 단 하나.

공용어뿐이었다.

미식가는 아니지만 음식의 맛을 즐기는 곤이었다. 그는 대륙 최고의 도시라는 이곳에서 마음껏 음식을 음미해 보고 싶었다.

자금은 넉넉하다. 뮬란이 남겨준 상당한 액수의 금화 덕분이었다.

그들이 도착한 곳은 상당한 번화가였다. 뮤질란처럼 퇴폐적이지도 않았고 소믈린처럼 소박하지도 않았다. 대체로 웅장하다는 느낌이 들었다. 제국민이라는 자부심이 시민들에게서 확연히 느껴졌다. 거리에서는 상인들이 온갖 신기한 물건들을 팔았다.

곤과 씽은 이곳저곳을 돌아보며 구경을 즐겼다. 시골 촌놈처럼 보이는 그들이 창피한 안드리안이었다.

곤과 씽이 한자리에 멈췄다. 안드리안은 그들의 시선을 따라갔다. 그녀의 시선의 끝에는 재밌는 광경이 펼쳐지고 있었다.

"자, 이 약은 만병통치약입니다. 딱 한 달만 드셔봐! 죽은 사람도 살려내. 여기 이 사람이 보이십니까?"

말을 닮은 사내가 입에서 침을 튀기며 약을 선전했다. 그의 옆에서 난쟁이가 약상자를 열어 물건을 구경꾼들에게 보여주었다.

"으라차차!"

게론보다 더한 근육질의 사내가 팔의 근육을 구경꾼들에게 보여주었다. 구경꾼들은 '오오, 대단한 근육이구만. 저것이 모두 약 때문인가' 라며 탄성을 질렀다.

"자, 보십시오. 이자는 반년 전까지 생사를 알 수 없을 만큼 병에 시달렸습니다. 지금보다 훨씬 더 말랐었죠. 하지만 이 약을 먹자 한 달이 채 되지 않아 자리를 털고 일어났습니다. 그리고 이렇게 건강한 몸이 되었습니다."

뻥을 쳐도 나 원.

곤은 내심 코웃음을 쳤다.

조선에서도 볼 수 있는 약장사를 이곳에서도 볼 것이라고는 생각도 하지 못했다. 그렇기에 그는 발걸음을 멈추고 약장수들이 하는 행동을 지켜봤던 것이다.

난쟁이는 두꺼운 각목을 들었다. 근육질의 사내는 양손을 뒷머리에 대고 배를 내밀었다. 난쟁이가 각목으로 근육질 사내의 배를 사정없이 때렸다.

빠각—

각목이 반으로 부러졌다. 근육질 사내는 꿈쩍도 하지 않았다.

"오오오! 대단하다! 정말 대단해!"

구경꾼들은 신기한 듯 환호성을 내질렀다.

난쟁이와 근육질의 사내는 그 외에도 몇 번이나 신기한 차력을 보여주었다. 구경꾼들은 점점 모여들었다. 열기가 고조되었다.

"약의 효능을 더욱 입증해 드리겠습니다. 주먹에 자신 있으신 분 나오세요. 만약 이 근육질의 사내를 조금이라도 움직이시면 약값을 반으로 깎아드립니다. 아닙니다. 아예 받지를 않겠습니다."

장사꾼이 목소리를 높여 말했다. 구경꾼들은 대단한 자신감이라며 호기심 어린 눈초리를 빛냈다. 그러나 선뜻 나서는 사람은 없었다.

"자신 있는 용사분 안 계십니까!"

"내가 해보겠소."

덩치 큰 사내가 앞으로 나섰다. 근육질의 사내보다 더욱 키가 컸다. 그의 팔뚝이 여자 허리만큼이나 두꺼웠다. 사내의 덩치를 보며 구경꾼들은 덩달아 긴장을 하며 침을 삼켰다.

퍽!

기우였다.

"아이고, 내 팔이야."

근육질 사내의 배를 친 자는 팔목이 꺾여 바닥을 나뒹굴었다.

"이번에는 내가 나서겠소!"

몇 명의 사내들이 남성다움을 뽐내기 위해 도전했지만 모조리 실패했다.

장사꾼의 얼굴은 의기양양해졌다. 구경꾼들도 약효를 의심하지 않았다. 몇몇은 약을 사기 위해서 돈을 미리 주머니에서

빼기도 했다.

"한 가지 묻겠소."

어디선가 중후한 목소리가 들렸다. 모두의 시선이 목소리의
주인공으로 향했다. 깨끗한 무복을 입고 있는 사내였다. 짧게
머리를 잘랐고 코가 컸다. 남성미가 물씬 풍기는 그는 옆구리
에는 검을 찼다.

분위기로 보아 기사였다.

"무엇을 말씀이십니까, 기사님?"

장사꾼은 눈웃음을 치며 허리를 굽실거렸다.

"저 사내를 쓰러뜨리면 무엇을 주겠소?"

기사의 말에 장사꾼의 눈매가 얇아졌다. 눈빛이 반짝였지만
누구도 그것을 알아차리지 못했다.

"약을 공짜로 드리지요."

"약은 필요 없소. 그에 상응하는 돈으로 주시오."

"음."

"왜, 자신 없소?"

무언의 협박이었다.

너희의 장사 자리를 빼앗지 않을 테니 돈을 내놓으라는.

"아닙니다. 그러도록 하지요."

장사꾼은 기사의 협박을 받아들였다. 기사는 지금껏 일반적
인 건달들과 차원이 다른 존재였다. 그들은 평민들에 대한 즉
결처분권을 가졌다. 평민들은 얼굴도 마주칠 수 없는 고귀한
존재였다.

그런 그가 나섰으니 누구도 말릴 수가 없었다. 아무리 근육질의 사내가 약을 먹고 단단하다고 하더라도 기사를 당해낼 수 없으리라 구경꾼들은 생각했다.

기사는 소매를 팔꿈치까지 걷은 후 근육질의 사내에게 다가갔다.

모두가 마른침을 삼켰다.

기사의 몸에서 알 수 없는 열기가 흘러나오는 것을 느꼈다.

마나의 흐름이 그의 몸에서 일어나고 있었다. 평민을 향해서 마나를 사용하려는 것이다. 그것에 대해서 알고 있는 몇몇은 고개를 돌렸다.

아무것도 모르는 일반 평민이 마나를 형상화한 마력에 충돌하면 내장이 파열되어서 죽는다. 죽지 않는다고 하더라도 엄청난 내상을 입어 사경을 헤매게 된다.

"이봐, 장사꾼 양반, 돈 내놓을 준비나 하시게나."

기사는 마나를 담은 주먹으로 근육질 사내의 배를 강타했다.

깡―

깡?

기사의 웃던 입술이 묘하게 일그러졌다. 그는 자신의 주먹을 보았다. 팔목이 심하게 뒤틀려 뼈가 튀어나왔다.

"으아아악!"

기사의 입에서 비명이 터졌다. 구경꾼들의 두 눈은 믿을 수 없다는 듯이 휘둥그레졌다.

"호, 대단한데요."

곤은 진심으로 감탄했다. 근육질 사내의 몸에는 어떤 마나의 유동도 느껴지지 않았다. 마력을 근육 자체의 힘만으로 튕겨낸 것이다.

내장 파열도 일어나지 않았다. 신이 인간에게 내려준 축복의 힘이라는 마나가 근육이라는 방패를 뚫지 못했다. 굉장하지만 저것도 전력을 다한 것이 아니니라.

안드리안도 놀라기는 마찬가지였다. 마나를 막아낼 수 있는 근육이라는 것 자체가 상식 밖이었다.

"저 약 진짠가?"

인간의 근력은 한계가 있다. 고로 마나가 필요하다. 하지만 따로 근육을 강화시킬 수는 있다. 그 방법이 저 약이다, 라고 안드리안은 결론을 내렸다.

"설마요."

곤은 고개를 저었다.

"약이 아니라고?"

"아닐 겁니다."

"그럼 뭐야?"

"외공이라는 겁니다."

"외공?"

"네."

"그게 뭔데?"

곤은 무학 대사께 함께 배운 동문들을 떠올렸다. 대부분 곤과 함께 무상심법을 익히고 사도를 배웠지만 유독 내공에 대해서 약했던 아이가 있었다.

이름이 현도였던가.

그 아이는 남들보다 덩치가 무척이나 컸고 힘이 강했다. 대신 머리 회전이 느려 다른 아이들에 비해서 배움이 무척이나 느렸다. 일 년이 지나도 내기에 대해서 이해하지 못했다.

무학 대사님께서는 현도에게 외공을 가르쳤다.

외공은 내공을 익히는 것보다 훨씬 고통스럽고 인내심이 필요했다.

오로지 하나만 보고 끊임없는 노력하는 자만이 외공을 대성할 수가 있었다. 현도에게는 딱 맞는 훈련이라 할 수 있었다. 마지막으로 곤이 현도를 봤을 때, 그는 곰의 손톱으로도 흉터 하나 남지 않을 경지에 올랐었다.

저 근육질의 사내가 보인 것은 분명 외공의 한 갈래였다.

곤은 머릿속에서 떠올린 외공에 대해 안드리안에게 간략히 설명을 해주었다.

안드리안은 고개를 끄덕였다.

세상에는 이루 말을 할 수 없을 정도로 많은 종족이 존재한다. 안드리안 역시 전설상의 종족이 아니던가. 그녀가 모르는 무공과 비술, 마법 등이 얼마든지 존재할 수가 있었다.

외공도 그것 중의 하나라 여겼다.

"그럼 외공이란 무공을 깰 수 없어?"

"글쎄요. 그건 상대의 성취도에 따라서 다르겠죠. 어쨌든 공짜로 돈을 준다니 마다할 필요는 없죠."

"응? 그건 무슨 소리야."

곤은 싱긋 웃으며 씽을 보았다.

"해도 돼요?"

씽이 물었다.

"그래."

"쟤 다칠 텐데."

"적당히 하면 돼."

씽은 어깨를 으쓱거리며 장사치들 앞으로 나섰다.

기사조차 팔이 부러진 상태에서 지원자가 또다시 나타날지 몰랐다. 장사꾼의 미간이 좁아졌다.

구경꾼들이 주머니에 돈을 꺼내기 직전이었는데…….

장사꾼은 나타난 새로이 나타난 자를 보았다. 키는 상당히 크고 수려한 미남자였다. 귀공자처럼 보이지만 기사는 아니었다.

"그쪽도 도전하시려우?"

장사꾼의 물음에 씽은 고개를 끄덕였다.

"방금 전 못 보셨수?"

"봤어."

봤어? 이 자식 말이 짧다. 귀족인가? 하긴 귀티가 줄줄 나기는 하는데.

"팔이 부러지거나 다리가 부러져도 치료비는 못 드립니다."

"그건 됐고. 저 근육덩어리 쓰러지면 얼마 줄래?"

"네?"

"못 들었어? 저 근육덩어리 쓰러지면 얼마 줄 거냐고?"

"큭큭큭큭."

장사꾼은 웃음을 터뜨렸다. 점점 웃음의 강도가 강해졌다. 광소에 가까웠다.

묘하게 분위기를 압도하는 광소였다. 그는 웃고 있지만 눈매는 전혀 움직임이 없었다. 눈동자에서는 살기마저 일렁거렸다.

"좋소이다."

장사꾼의 목소리가 낮아졌다. 지금까지와는 다른 무척이나 메마르고 건조한 목소리였다. 그는 주머니에 있던 동전 주머니를 꺼냈다.

"이 속에 5골드가 들어 있소. 자크를 쓰러뜨리면 이 돈을 모두 드리겠소. 대신!"

"대신?"

"공자께서 실패를 하게 되면 우리가 가진 약을 모두 사셔야겠소."

"그러지 뭐."

씽의 말에 장사꾼의 눈매가 실룩거렸다. 그는 입술이 뒤틀렸다.

씽은 근육질의 사내에게 다가갔다. 근육질의 사내도 그들의 대화를 들었다. 약을 팔다 보면 항상 있는 일이지만 지금의 분위기는 묘했다.

"나, 나, 나는 자, 자크다."

자크라고 불린 근육질의 사내는 다른 때보다 몸에 힘을 더 주었다. 그의 근육이 살아 있는 생명처럼 꿈틀거렸다.

그에게 다가간 씽은 주먹에 힘을 주었다. 그는 아무런 힘을 주지 않은 것처럼 자크의 배에 주먹을 올려 쳤다.

펑!

가죽 북 터지는 소리가 들렸다.

모두가 눈을 의심했다.

기사의 주먹에도 끄떡없던 자크가 10여 미터 이상 뒤로 물러나더니 풀썩 주저앉는 것이 아닌가. 그는 무릎을 꿇고 얼굴을 바닥에 처박았다.

"자크!"

놀란 장사꾼이 자크에게 다가갔다. 자크의 입에서 거품이 흘렀다. 그는 혼절해 있었다.

씽은 장사꾼에게 다가가 그의 손에 들려 있던 동전 주머니를 뺏었다. 장사꾼은 손에 힘을 줬지만 끝내 주머니를 뺏길 수밖에 없었다.

"형님, 가요."

씽은 어린아이처럼 밝게 웃었다.

곤과 안드리안, 씽은 유유자적하게 시장 바닥을 벗어나 고급 음식점으로 발길을 돌렸다.

재미를 잃은 구경꾼들도 자리에서 흩어졌다. 남은 자들은 졸지에 모든 돈을 잃고 기절한 자크와 장사꾼, 난쟁이뿐이었다.

*   *   *

곤과 안드리안, 씽은 오래간만에 제대로 된 음식을 먹었다.

온갖 양념이 들어간 오리고기와 돼지고기, 신선한 과일을 마음껏 섭취했다.

특히 씽의 식사량은 엄청나다. 본래 거대한 백호의 근육을 인간 형태로 압축시켜 놨으니 소비되는 체력이 다른 자들보다 훨씬 빨랐다.

그것을 채우려면 많이 먹는 수밖에 없었다.

그들은 앉은 채로 10인분 이상을 먹어치웠다.

쌓여가는 접시를 보며 음식점 주인은 흐뭇한 표정을 감추지 못했다.

곤은 맥주를 한 잔 마시며 생각에 잠겼다. 코일코를 찾아서 제국의 성도까지 왔다.

하지만 성도는 그의 예상보다 훨씬 크고 거대했다. 조선의 한양보다도 몇 배나 큰 듯했다. 이곳에서 코일코를 찾는 것은 한양에서 김 서방을 찾는 것과도 같았다.

"정보 길드에 의뢰를 해보자."

안드리안이 제안했다.

"정보 길드요?"

"응, 우리가 용병 길드에 가입되어 있는 것은 알지?"

"네."

"이곳에도 수많은 각종 길드가 판을 치고 있을 거야. 그곳에 의뢰를 하게 되면 코일코에 대한 행방을 알 수 있을지도 몰라."

"이렇게나 사람이 많은데… 가능할까요?"

"모르지. 우리가 직접 찾는 것은 불가능하다고 봐. 아니면 일일이 제국의 모든 귀족들을 염탐해야겠지. 너무 시간이 오래 걸리잖아. 일 년이 뭐야. 한 십 년을 걸릴 것 같다. 차라리 상급 길드에 의뢰를 하는 편이 낫다고 봐. 자금도 준비되어 있고."

곤은 고개를 끄덕였다. 정글에서 나온 지 꽤 시간이 지났지만 아직 그는 인간 사회에 완벽히 적응했다고 보기 어려웠다.

아주 오랜 시간이 지나도 쉽지 않을 듯하다.

씽도 그와 별로 다를 것이 없었다.

어렸을 적에는 귀염성이라도 있었지만 지금은 무척이나 냉소적이었다.

반면에 맛있는 음식은 과하게 탐한다. 그 외에는 어떤 자극에도 별다른 반응을 보이지 않았다.

즉, 안드리안이 없으면 곤과 씽은 난처한 상황에 처한다. 용병단도 마찬가지였다. 안드리안이 곤에게 의지를 많이 하지만 기본적으로 그녀의 결정이 없으면 용병단은 쉽게 와해될 것이다.

"그렇게 하도록 하지요."

"좋아. 오늘은 도착한 첫날이니 여독을 풀고 내일부터 본격적으로 정보 길드를 찾아보자."

"잠깐."

그들의 말을 누군가 가로막았다. 2층 계단으로 약을 팔던 장사꾼이 올라오고 있었다. 그는 다른 사람을 거들떠보지 않고 곧바로 곤 일행에게 다가왔다.

곤과 안드리안은 의아한 얼굴로 그를 바라보았다. 씽은 관심이 없는 듯 한번 힐끗거리고는 식사에 집중했다.

"무슨 일이요?"

곤이 물었다.

"나는 키스톤이라고 하오. 아까 보셨다시피 우리 셋은 대륙을 떠돌아다니며 약을 팔고 있지요."

"그런데요?"

"본의 아니게 여러분들의 얘기를 듣게 됐습니다."

본의가 아닌 것을 곤은 알고 있었다. 약을 팔지 못한 그들이 서둘러 장사를 마무리하고 뒤를 쫓는 것이 느껴졌다. 악의가 없어 가만히 내버려뒀을 뿐이었다.

"흠흠."

곤이 아무런 말을 하지 않자 키스톤은 헛기침을 하며 분위기를 살폈다.

그다지 반가워하는 눈빛은 아니었다. 하나, 그는 이대로 물러날 수 없었다. 돈이 문제가 아니었다. 자존심이 걸린 문제였다.

"찾는 사람이 있으시다고……."

키스톤은 목소리를 낮춰 말했다.

"보다시피 저희끼리 식사 중입니다. 용건만 간단히 말해주셨으면 합니다만."

안드리안의 그의 말을 끊었다. 우리끼리 할 말이 있으니 빨리 얘기하고 가시라는 명백한 축객이었다.

그럼에도 키스톤은 물러나지 않았다. 자신의 할 말을 끝까지 할 셈이었다.

"저희가 찾아드리겠습니다."

키스톤은 단도직입적으로 말했다.

곤은 잠시 키스톤을 바라보았다. 얼굴은 길고 눈매는 찢어졌다. 마른 입술을 혀로 자주 핥는다. 곧잘 눈웃음을 쳤다. 전형적인 상인의 얼굴이었다.

무학 스님께 배운 것은 무술만이 아니었다. 세상을 살아가는 법도와 예의에 대해서 배웠고 곧잘 관상에 대해서 얘기해 주기도 하였다.

자세히 배운 것이 아니기에 정확히 맞추지는 못한다. 그러나 인상을 보면 그 사람의 성정은 어느 정도 유추할 수가 있었다.

키스톤이라는 자는 장사치다.

그러나 뒤가 구린 장사치였다. 눈동자가 전혀 움직이지 않는다. 곤에게 뺏긴 돈을 찾기보다는 뒤를 알아보려는 구석이 더 많아 보였다.

"얼마를 원하시오?"

곤도 단도직입적으로 물었다.

"누구를 찾느냐에 따라서 달라지겠지요."

곤은 코일코에 대해서 간략하게 설명을 했다. 안드리안이 그렇게 털어놔도 괜찮냐고 넌지시 물었지만 곤은 빙그레 미소를 지을 뿐이었다.

키스톤은 찾는 자가 오크 노예일 것이라고는 생각하지 못했다.

"오크 노예가 성도에 있는 것이 확실합니까?"

"확실하오."

"그럼 착수금 5골드에. 찾으면 5골드를 더 주십시오. 만약 찾지 못한다고 하더라도 5골드는 반환하지 않겠습니다."

"착수금은……."

곤은 키스톤에게 돈주머니를 내밀었다. 그는 돈주머니를 받았다. 묵직했다. 5골드보다 더 들어 있는 듯했다. 키스톤은 고개를 들어 곤의 눈을 바라보았다. 그의 눈은 바위처럼 단단해 보였다.

"10골드요. 아이를 찾으면 20골드를 더 드리겠소."

"이, 이십 골드."

듣고 있던 난쟁이가 깜짝 놀랐다.

셋이서 한 달 동안 쉬지 않고 약을 팔아야 벌 수 있는 돈이 10골드를 조금 넘었다. 20골드는 그들에게도 상당한 거금이었다.

곱상한 얼굴이기는 하지만 아무리 봐도 귀족은 아니었다. 행색으로 보아 용병에 가까웠다. 용병들이 이런 거금을 아무렇지도 않게 가지고 다녀?

"찾으면 연락 주시오. 만약 연락이 없을 시……."

키스톤은 등골이 서늘해지는 느낌이 들었다. 어떤 인기척이 등에 바짝 붙어 있는 것만 같았다. 귓불에서 썩은 냄새가 진동한다.

왼쪽인가.

키스톤의 눈동자가 왼쪽으로 조금씩 돌아갔다.

조금씩, 조금씩.

키스톤의 눈빛은 누군가 마주쳤다.

"히이익."

심장이 입 밖으로 튀어나오는 줄 알았다. 살이 반쯤 썩은 시체가 그를 마주 보고 있는 것이 아닌가.

유령이었다.

"제때 나를 찾아오지 않으면 그놈과 평생 침대를 같이 써야 할 거야."

키스톤과 난쟁이 슈테이, 자크는 음식점 밖으로 나왔다. 그들의 수중에는 본래 가지고 있던 5골드보다 많은 10골드가 들려 있었다.

"도대체 저들의 정체가 뭘까요?"

슈테이가 키스톤에게 물었다.

사실 그들이 곤 일행을 따라붙은 것은 구경꾼들 앞에서 망신을 당한 이유도 있었지만 그들의 정체가 궁금해서였다.

하지만 궁금증을 풀기보다는 더욱 아리송해졌다.

"글쎄다. 조금 더 알아봐야 할 것 같다."

"본사에 연락을 할까요?"

"그럴 필요는 없을 것 같은데. 일단 우리끼리 일을 해결해 보자. 아직 일이 터진 것도 아니고. 시간이 좀 남잖아."

"그렇긴 하지만. 저들의 정체도 의심스럽잖아요. 이번 일에

낄 수도 있고."

"시간은 있어. 하나씩 알아보자고. 20골드나 되는 의뢰는
저버릴 수도 없다고."

"흠흠, 그렇게 하죠, 뭐."

그들이 넓은 길에서 벗어나 좁은 뒷골목으로 돌아갈 때였
다.

세 명의 사내가 그들의 앞을 가로막았다. 한 명은 팔에 부목
을 댔다. 팔목이 부러졌던 기사였다.

"거기 서, 이 개새끼들."

기사는 키스톤과 자크, 슈테이를 불러 세웠다.

"무슨 일이시오?"

키스톤이 물었다.

"몰라서 물어? 감히 기사인 나를 평민들 따위 앞에서 모욕
을 줘? 기사를 모욕한 죄, 죽어도 싸다."

"내가 언제 기사님을 모욕했소?"

키스톤은 기가 차다는 듯이 헛웃음을 터뜨렸다.

"지금 너의 그 모습이 기사를 모욕한 것이다. 무릎을 꿇어
라."

"무릎을 꿇으면 목을 치려고?"

"당연한 것 아닌가!"

"세상 누가 목이 달아날 것을 알면서 그런 짓을 한다고 생각
하시오."

"이, 이, 이. 개자식이 지금 나랑 말장난을 하자는 것이냐!

어서 꿇어라!"

"싫소."

"싫어?"

"죽기 싫소이다."

"흥, 천박한 것. 됐다, 죽여라!"

두 명의 무사가 검을 뽑았다. 그들은 자크와 슈테이를 향해서 검을 휘둘렀다.

쉬이이익—

바람 소리가 좁은 골목 안을 휘감았다. 피가 사방으로 튀었다.

동시에 두 명의 무사는 목과 몸이 분리가 되었다.

자크와 슈테이가 무슨 수법을 썼는지 기사는 알지 못했다. 목이 날아간 무사들의 몸통이 바닥에 쓰러졌다. 핏물이 골목길을 타고 흘렀다.

"이, 이럴 수가. 뭐, 뭐냐, 너희들은!"

기사의 생각과는 전혀 다르게 상황이 흘렀다. 그가 부리던 두 명의 무사가 이토록 허무하게 쓰러지는 것은 머릿속에 없던 상황이었다.

지금쯤이면 장사치들의 목을 베고 그들의 품에 있던 돈을 빼내 술을 마시러 가야 했다.

"이봐요, 기사 나리. 그냥 돌아가서서 요양이나 했으면 죽음을 피할 수가 있었을 텐데."

키스톤의 입술이 한쪽으로 뒤틀렸다. 그의 눈빛이 달라졌다. 조금 전과는 비교도 안 되는 살기가 기사에게 쏟아졌다.

겁을 먹은 기사가 뒷걸음질을 쳤다.

"뭐, 뭐야. 너희들, 내가 누, 누군지 알고서 이러는 것이냐!"

"몰라, 병신아."

키스톤이 움직였다.

스악!

쩌저적!

기사의 얼굴에 X자 생겨났다.

살집이 벌어지며 뼈가 드러났다. 그의 머리는 사등분으로 나뉘어 흩어졌다. 기사는 비명도 지르지 못하고 절명을 하고 말았다.

눈동자만이 아직 자신의 죽음을 믿지 못하겠다는 듯이 또렷하게 떠 있을 뿐이었다.

눅눅한 안개가 퍼져 갔다. 안개는 거대한 도시를 천천히 잠식했다.

"도시의 살기가 점점 짙어지고 있구만."

키스톤은 어두운 하늘에 떠 있는 부서진 달을 보며 중얼거렸다.

『마도신화전기』 5권에 계속…

이모탈 퓨전 판타지 소설
FUSION FANTASTIC STORY
워리어
Warrior
최강의 병기 메카닉 솔져,
판타지 세계로 떨어지다!
서기 2051년.
세계 최초의 메카닉 솔져 이산은
새로운 세계에 발을 딛게 된다.
"나는… 변한 건가?"
차가운 기계에서 따뜻한 피가 흐르는 인간으로!
카이론의 이름으로 새롭게 시작하는
진정한 전사의 일대기!
Book Publishing CHUNGEORAM
유행이 아닌 자유추구 -
WWW.chungeoram.com

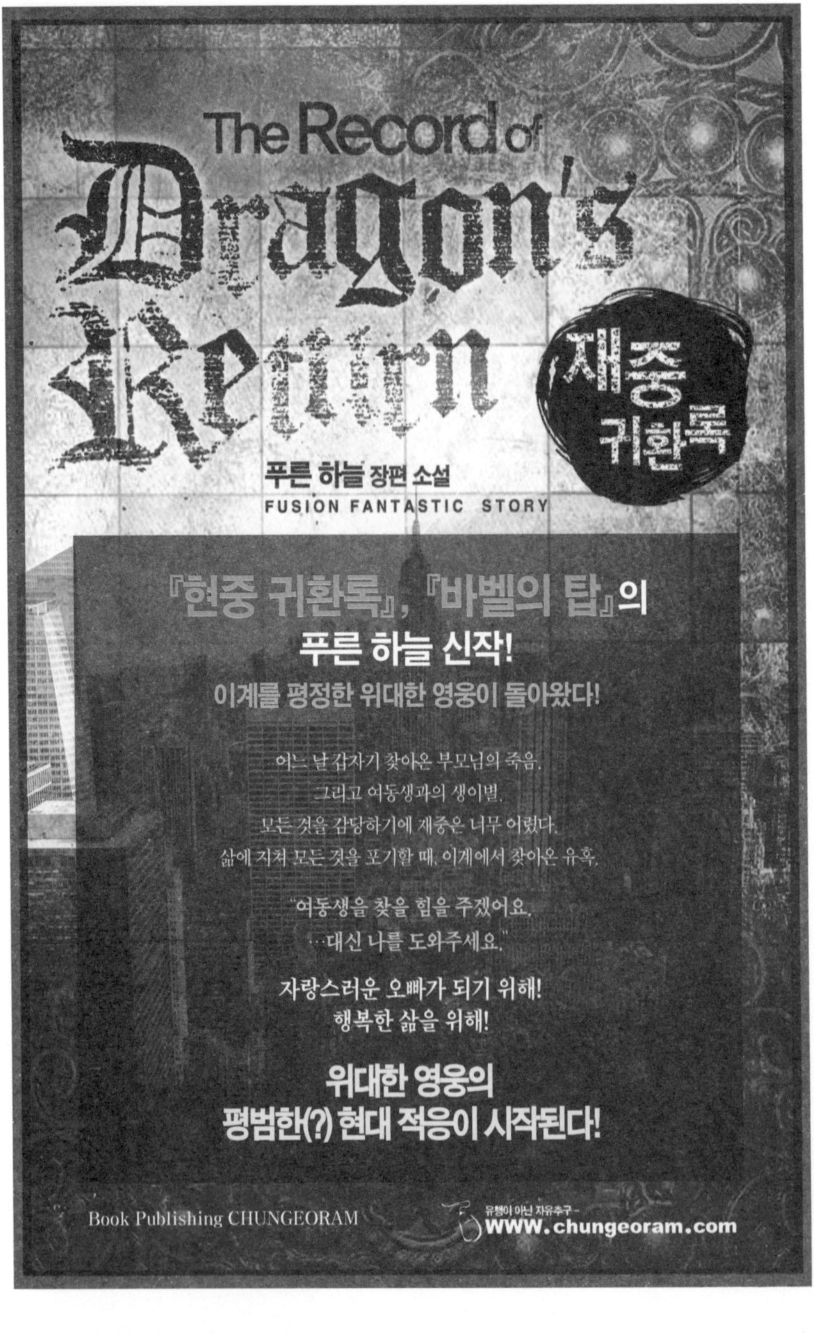

The Record of
Dragon's Return
재중 귀환록
푸른 하늘 장편 소설
FUSION FANTASTIC STORY
『현중 귀환록』, 『바벨의 탑』의
푸른 하늘 신작!
이계를 평정한 위대한 영웅이 돌아왔다!
어느 날 갑자기 찾아온 부모님의 죽음.
그리고 여동생과의 생이별.
모든 것을 감당하기에 재중은 너무 어렸다.
삶에 지쳐 모든 것을 포기할 때, 이계에서 찾아온 유혹.
"여동생을 찾을 힘을 주겠어요.
…대신 나를 도와주세요."
자랑스러운 오빠가 되기 위해!
행복한 삶을 위해!
위대한 영웅의
평범한(?) 현대 적응이 시작된다!
Book Publishing CHUNGEORAM
유행이 아닌 자유추구 -
WWW.chungeoram.com

용마검전
FANTASY FRONTIER SPIRIT
김재한 판타지 장편 소설

「폭염의 용제」, 「성운을 먹는 자」의 작가 김재한!
또다시 새로운 신화를 완성하다!

『용마검전』

사악한 용마족의 왕 아테인을 쓰러뜨리고
용마전쟁을 끝낸 용사 아젤!

그러나 그 대가로 받은 것은 죽음에 이르는 저주.
아젤은 저주를 풀기 위해 기나긴 잠에 빠져든다.

그로부터 220년 후……

긴 잠에서 깨어난 아젤이 본 것은
인간과 용마족이 더불어 살아가는 새로운 세상이었다.

Book Publishing CHUNGEORAM

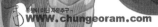

문용신 新무협 판타지 소설
FANTASTIC ORIENTAL HEROES

한량 아버지를 뒷바라지하며
호시탐탐 가출을 꿈꾸던 궁외수.

어린 시절 이어진 인연은
그를 세상 밖으로 이끄는데⋯⋯.

"내가 정혼녀 하나 못 지킬 것처럼 보여?"

글자조차 모르는 까막눈이지만,
하늘이 내린 재능과 악마의 심장은
전 무림이 그를 주목하게 한다.

"이 시간 이후 당신에겐 위협 따윈 없는 거요."

무림에 무서운 놈이 나타났다!